당신은 지금보다
괜찮은 사람이다

당신은 지금보다 괜찮은 사람이다

마음을 움직이는 명언 87선

초 판 1쇄 2024년 06월 21일

지은이 유영식
펴낸이 류종렬

펴낸곳 미다스북스
본부장 임종익
편집장 이다경, 김가영
디자인 윤가희, 임인영
책임진행 안채원, 이예나, 김요섭, 임윤정

등록 2001년 3월 21일 제2001-000040호
주소 서울시 마포구 양화로 133 서교타워 711호
전화 02) 322-7802~3
팩스 02) 6007-1845
블로그 http://blog.naver.com/midasbooks
전자주소 midasbooks@hanmail.net
페이스북 https://www.facebook.com/midasbooks425
인스타그램 https://www.instagram.com/midasbooks

ⓒ 유영식, 미다스북스 2024, *Printed in Korea.*

ISBN 979-11-6910-695-5 03810

값 20,000원

미다스북스는 다음세대에게 필요한 지혜와 교양을 생각합니다.

마음을 움직이는 명언 87선

당신은 지금보다
괜찮은 사람이다

유영식 지음

미다스북스

수처작주(隨處作主) : 가는 곳마다 주인이 되어라

　'수처작주'는 내가 일하는 방식으로 '가는 곳마다 주인이 되어라.'라는 뜻이다. 사원이라고 사원의 마음으로 일하면 사원의 자리에서 멀어지기 어렵고, 사원이라도 사장의 마음으로 일하면 머지않아 사장의 자리에 오를 수 있다.

　사장의 마음으로 일한다는 건 의사결정을 할 때 자신의 직급과 관계없이 '내가 사장이라면 어떻게 할까?'라고 생각하는 것이다. 그렇게 하면 폭넓은 생각을 하게 되고 일하는 수준이 높아져서 지금보다 높은 자리에 오르는 것은 당연한 일이 된다. 당연한 일을 당연하지 않게 하는 것 그것이 '수처작주'의 정신이다.

　이 책은 내가 8년간 읽은 책에서 마음에 남는 글귀 87개를 풀어서 쓴 책이다. 그 글귀들은 카페를 운영할 때 캘리그래피 책갈피로 만들어서 손님들에게 제공했었다. 당시에 손님들의 반응이 좋아서 이 글귀들을 엮어서 책으로 출간하면 좋겠다는 소망이 있었지만, 책으로 담아낼 만큼의 역량이 부족하여 미뤄왔다가 이번에 책으로 출간하게 되었다.

　카페 손님들은 이 글귀들을 읽으며 마음을 다잡고, 앞으로 나아갈 용기를 얻었다며 감사의 말을 전하기도 했다. 여러분도 마음을 다스리는 글귀와 동기부여 되는 글귀를 읽으며 자신을 다스려서 지금보다 더 나은 삶을 꿈꾸기를 소망한다. 나도 일주일에 한 번씩 이 글귀들을 책갈피에 쓰면서 교만과 좌절을 경계하며 현실에 안주하지 않는 삶을 살았다.

그 결과 내 삶에는 많은 변화가 있었다. 600여 권에 달하는 독서를 기반으로 전작 『당신 참 애썼다』를 출간한 작가가 되었고, 뒤늦게 시작한 공부로 2개의 학사 학위를 취득했다. 캘리그래피를 배우고 익혀서 남들에게 내보일 수 있는 수준의 글씨체를 갖게 되었고, 무엇보다 마음공부를 통해 '내가 옳다.'라는 고집을 내려놓을 수 있었다.

기회는 자신의 소망과는 무관하게 늘 준비된 사람에게 찾아온다. 그러니 소망이 있다면 그 소망에 걸맞은 실력을 갖추어야 한다. 나는 현실에 안주하지 않으려는 마음으로 퇴사한 뒤 카페 사장이 되었지만, 지금은 그 회사에서 부사장으로 다시 일하고 있다. 카페 운영이 편안하고 익숙한 삶이 되었고 하고자 했던 일들을 대부분 이룬 상태에서 온 기회라 잠시 고민했지만, 다시금 도전하는 삶을 살고 있다.

여러분에게도 분명히 기회는 온다. 여기에 적힌 글귀들을 읽으면서 마음이 변화한다면 기회가 찾아올 것이다. 그때는 '내가 할 수 있을까?'보다는 '어떻게 하면 할 수 있을까?'라는 관점에 집중하자. 그러면 변하기 시작할 것이다. 지금의 일상에서 벗어나고 싶다면 달라져야 하고, 달라지기 가장 좋을 때는 지금이다.

'수처작주'의 정신으로 나가는 당신을 응원한다.

Contents

2장 모든 것은 내 마음에서 비롯된다

3장 당신의 미래는 지금 하는 행동에 달려 있다

4장 쉽게 포기하지 말고 미리 포기하지 마라

5장 당연히 그렇게까지 해야 성공할 수 있다

6장 성공은 느린 시간을 잘 견뎌내야 한다

1장

자신을 믿고
앞으로
나아가라

결심이 약하기때문에
회의가들고
마음이 흔들리는
것이다

1. 결심이 약하기 때문에 회의가 들고
   마음이 흔들리는 것이다

우리는 '내일부터 하지 뭐.'라는 생각으로 일 년 내내 미루기를 거듭하다가 연말이 돼서야 아무것도 하지 않은 한 해를 후회하며 자신을 책망한다. 그러나 지나간 시간을 후회하고 자신과의 약속을 지키지 못한 나를 책망해도 변하는 것은 아무것도 없다. 지나간 시간은 '그때 거기'이고 나를 책망하는 시간은 '지금 여기'이다. 그때 거기는 돌이킬 수 없는 시간이고, 지금 여기는 다시 시작할 수 있는 시간이다.

그러니 반성하고 다시 시작하면 된다. 얼마든지 다시 시작할 수 있다. 새롭게 시작할 때는 지금 즉시 시작해야 한다. 또다시 '내일부터 하지 뭐.'라는 생각으로는 이미 늦었다. 지금 시작하지 못하면 나중은 없다. 시간이 지날수록 지금의 각오가 퇴색하기 때문이고, 내일은 누구에게도 장담할 수 없는 시간이기 때문이다. 지금 시작하지 못한다면 당신의 결심은 해내고자 하는 '독한 결심'이 아니라, 잠시 잠깐만 반짝하는 '뻔한 결심'이 될 것이다.

김미경 강사는 『이 한마디가 나를 살렸다』에서 피아노 학원 원장에서 강사로, 이제는 〈김미경 TV〉를 운영하는 유튜버가 되었다고 했다. 그러면서

60세 이후에는 세계적인 동기부여 강사가 되겠다고 선언했다. 이를 위해 수년 전부터 매일 조금씩 영어 공부를 해왔으며 자신이 지금의 위치에 있는 건 어쩔 수 없이 지킬 수밖에 없는 환경을 만들어서 자신과의 약속을 수행했기 때문이라고 말한다.

『웰씽킹』의 저자 켈리 최도 게으름을 없앨 수 있는 가장 좋은 방법은 선언이라며, 자신과의 약속을 분명하게 하고 이를 지키기 위해서는 선언이 가장 효과적이라고 말한다.

선언은 분명 효과적인 방법이다. 하지만 선언이 어려운 이유는 '중도에 포기하면 어쩌지?'라는 걱정으로 망설이기 때문이고, '내가 할 수 있을까?'라는 생각으로 자신을 믿지 못하기 때문이다. 당신도 이런 생각을 하고 있다면 당신은 반드시 선언이 필요한 사람이다. 그렇지 않으면 시작도 못 해보고 주저앉을 가능성이 크기 때문이다.

결심이 약하다는 것은 자신을 믿지 못하기 때문이다. 그렇다면 억지로라도 할 수밖에 없는 환경을 만들어야 한다. 당신 자신을 혹독한 환경으로 내몰아라. 처음엔 뭐든지 익숙하지 않다. 어려운 게 아니라 익숙하지 않은 것이다. 그러니 중도에 포기하지 말고 익숙해질 때까지 버텨라. 그러면 자신과의 약속을 지킬 수 있을 것이다.

당신은 원래 열정이 있는 사람이다. 그러니 마음속에서 끓어오르는 열정을 외면하지 마라. 열정은 변덕스럽지 않고 변함없이 몰입하는 것을 말하며, 추진력을 바탕으로 해내고 말겠다는 신념을 말한다. 당신이 이런 사람

인 것을 믿어야 한다. 과거는 상관없다. 당신은 이제부터 이런 사람이라고
믿어라.

고독은 사람을
단련시킨다
외로움을 피하려고
싶은 사람을
가까이 두지마라.

2. 고독은 사람을 단련시킨다

　고독을 생각하면 외로움, 쓸쓸함, 늙어감 등의 단어가 떠오른다. 우리의 인생은 즐거울 때도 있지만 늙어감에 따라 점점 고독의 절정에 다다르게 된다. 나이가 들면서 친구들도 떠나고, 주변의 지인들도 떠나고, 가진 것도 없어지기 때문이다. 그러나 나이와 관계없이 고독하게 살 수도 있고 행복하게 살 수도 있다. 젊어서든 늙어서든 즐길 수 있는 일들이 있지만, 당신이 고독한 이유는 자신이 살아온 방식을 고집하고 거기에 얽매이기 때문이다. '물이 너무 맑으면 고기가 없고, 사람이 너무 따지면 친구가 없다.'라는 말이 있듯이 독야청청해서 스스로 외톨이가 되지 않아야 한다.

　사람들 대부분은 다른 사람들과 있을 때는 고독하다고 생각하지 않는다. 고독할 새가 없기 때문이다. 그렇기에 고독을 견디지 못하는 사람은 누구라도 가까이하려고 한다. 그러나 혼자 있을 수밖에 없는 시간이 존재하기 때문에 혼자 있어도 고독하지 않아야만 진정으로 고독하지 않은 것이다.
　책을 읽거나 등산하거나 다른 취미 생활을 하거나 일이 있는 사람은 고독하지 않다. 오히려 혼자 있는 시간이 없다면 하고 싶은 일을 할 수 없으므로 역으로 고독할 수 있다. 우리는 고독을 이용해야 한다. 고독한 시간을 이용해서 성장의 계기로 삼아야 한다. 인간은 고독한 시간을 통해서 성숙해지는 존재이기 때문이다.

미국의 정치가 벤저민 프랭클린은 "고독은 생각하게 해주고 생각은 현명하게 만들며 그로부터 얻는 지혜는 인생을 강하게 단련시켜 준다."라고 말했다. 인생 자체가 고독한 것이기에 고독을 피할 수 없으니, 고독을 슬픔의 원천으로 만들지 말고 지혜의 원천으로 만들어야 한다는 것이다. 이처럼 고독은 생각하기에 따라 적절하게 이용할 수 있어야 한다.

또한 개리 비숍은 『나는 인생의 아주 기본적인 것부터 바꿔보기로 했다』에서 "기쁨도 슬픔도 괴로움도 밀려왔다가 밀려가는 것이고, 슬퍼하는 것은 인간에게 지극히 자연스러운 표현이다."라고 말했다.

이때 중요한 것은 자기감정에 노예가 되지 않는 것이다. 불교에서 말하는 인연법처럼 오는 사람 막지 말고, 가는 사람 잡지 말아야 한다. 감정이 흘러갈 수 있도록 붙잡지 말아야 한다. 인생에서 어떤 상실을 경험하면 감정이 파도처럼 물결도 치겠지만 결국은 제자리로 돌아오기 마련이다. 인간은 고독을 통해 내면을 단련할 수 있는 존재이다. 그러니 사람을 통해서 고독을 극복하지 마라. 사람을 통해서 고독을 극복하려는 것은, 일시적인 방편에 지나지 않는다. 같이 있어도 생각이 다르면 고독하기 마련이다. 당신은 스스로 단련시켜 고독을 극복하는 존재가 돼라. 그래야만 혼자 있어도, 같이 있어도 외롭지 않은 사람이 된다.

과거에
연연해서는
앞으로
나아갈수 없다.

隨處
作主

3. 과거에 연연해서는
   앞으로 나아갈 수 없다

만날 때마다 예전에 잘나가던 시절을 소환하며 "내가 왕년에는 말이야."를 꺼내 드는 사람이 있다. 이는 자신이 처한 현재의 모습이 마음에 들지 않아 과거를 그리워하며 과거 속에 사는 것이다. 늘 과거 속에 살며 나는 원래 이랬던 사람이라며 자신을 과시하는 것이다. 그런다고 뭐가 달라질까? 과거가 어떠했든 중요한 건 현재의 자신이다. 당신이 말하는 왕년의 당신 이야기에 누가 관심이 있을까? 만날 때마다 이런 이야기를 듣는 상대방은 '그래서 어쩌라고.'라는 생각으로 당신과의 만남을 줄여나간다. 그러니 외롭지 않으려거든 과거의 영광에서 벗어나 지금의 삶에 충실해야 한다.

에크하르트 톨레는 『이 순간의 나』에서 "당신이 과거라고 생각하는 것은 마음속에 저장된 지나간 '지금'에 대한 기억의 흔적에 불과합니다."라고 말했다.

사람은 항상 지금이 좋아야 한다. 지나간 날을 어찌할 수는 없지만, 지금은 언제나 제어할 수 있는 시간이기 때문이다. 따라서 가장 소중한 시간은 지금이고, 가장 소중한 사람은 지금 만나고 있는 사람이다. 지금 회사 일을 하면서 여행을 생각하거나, 여행지에서는 회사 일을 생각한다면 가장 소중한 시간인 지금을 낭비하는 것이다. 지금에 집중해야 지금, 이 시간을 더 효율적으로 보낼 수 있다. 지금 만나는 사람에게 집중하지 못하면 상대방도 당신에게 집중하지 못한다. 그러니 상대를 건성으로 대하며 소중한 시간을 낭비하지 마라. 삶은 지금, 이 순간에 달려있다.

그런데 우리는 왜 지금에 집중하지 못하고 습관적으로 '이랬으면 어땠을까? 저랬으면 어땠을까?' 생각하며 종종 과거 속에 사는 것일까? 그것은 우리가 지금 처한 현실이 마음에 들지 않기 때문이고, 지금의 상황에서 벗어나기 어렵다고 생각하기에 과거에 아쉬웠던 장면을 재현하며 희망 고문하는 것이다. 그래봤자 달라지는 것은 아무것도 없다. 중요한 것은 '지금 어떻게 할까?'라는 생각이다.

우리는 늘 현재에 집중하지 못하고 과거와 미래 속에 살기에 현재 상황을 반전시킬 수 있는 생각을 끌어내는 데 실패한다. 좋은 생각은 어느 날 갑자기 튀어나오는 것이 아니다. 생각에 생각을 거듭하고 거듭해야 선물처럼 내 앞에 '짠'하고 나타나는 것이다. 과거는 우리가 어떻게 할 수 없는 시간이다. 아무리 해도 안 되는 일을 가지고 후회하는 어리석음을 범하지 마라. 과거에 무슨 일이 있었든지 과거에서 교훈을 얻고 지난날은 그대로 잊어버려라. 사람은 잘못도 하고 실수도 하는 것이다. 자신을 용서하지 못하는 사람은 상대방도 용서하지 못한다. 그러니 자신을 자책하지도 말고, 상대방을 미워하지도 말자. 그렇게 해서는 앞으로 나아갈 수 없다. 자꾸만 과거의 실수에 발목 잡혀서 자신을 자책하면 앞으로 나아가지 못한다.

괴로움도 걱정도
단지 나쁜습관에
지나지 않는다. 隨處
作主

4. 괴로움도 걱정도
   단지 나쁜 습관에 지나지 않는다

카페 사장은 비 오는 날을 싫어한다. 비 오는 날은 평소보다 습도가 높아서 커피 향이 멀리 퍼져나가지 못하기 때문에 커피의 맛과 향을 훨씬 더 깊고 진하게 느낄 수 있지만, 이는 감성이 느끼는 행복이고 실제로는 장사가 안돼서 비 오는 날을 싫어한다. 사람들이 귀찮아서 외출을 꺼리기 때문인데, 눈 오는 날은 더 심해서 거의 망했다고 생각하면 된다.

사실 눈 오는 날은 장사도 걱정이지만, 내가 운영하는 카페는 약간 경사진 곳에 있어서 눈을 치우는 일이 더 걱정이다. 카페를 창업하기 전부터 있었던 위산 역류가 심해져서 조금만 힘을 써도 복압이 증가하여 위산이 역류하기 때문이다. 그럴 때면 숨쉬기도 힘들고 아예 움직일 수가 없어서 눈오는 날은 걱정부터 앞섰다. 그러니 날씨가 안 좋으면 장사를 걱정하고, 눈 치우는 일을 걱정하는 등 지금 일어나지도 않은 일을 미리 걱정하는 일이 종종 있었다.

어느 날은 함박눈이 내렸는데 새벽 1시에 그쳤다. 완전히 그쳤음을 확인하고 눈을 쓸기 위해 그 새벽에 카페로 갔다. 눈을 쓸기 시작하고 5분이나 지났을까? 목을 죄어오는 위산 역류의 고통으로 눈 쓸기를 멈출 수밖에 없었지만, 아무래도 상관없었다. 처음부터 천천히 쉬엄쉬엄하기로 마음먹었기 때문이다. 그렇게 2시간쯤 지나자, 카페 앞의 눈을 깨끗하게 치울 수 있었고, 눈을 쓸면서 깨달은 바가 있었다.

날씨 문제로 걱정하는 일은 내가 걱정한다고 해결되는 일도 아니고, 걱정하는 마음 때문에 걱정이 걱정을 불러와서 정신적으로 힘만 드는 일이었다. 평소에 알고 있던 사실이지만 그 새벽에 눈을 쓸면서 확연하게 느낄 수 있었다. 내 의지와 상관없이 일어날 일은 일어난다고 생각하니 순리대로 따르면 그뿐이라는 생각이 들었다. 1970년에 발표된 비틀스의 〈Let It Be〉도 그런 뜻이 아닌가. '순리에 맡겨라, 그냥 내버려두어라.'

이미 지나간 일, 벌써 저지른 일을 한숨 쉬며 괴로워하는 것은 습관일 뿐이다.
당신의 한숨 소리는 당신과 주변 사람을 괴롭게 할 뿐이다. 이미 지나간 일에 대하여 '그때 왜 그랬을까?'라는 생각을 거듭해서 떠올리는 것은 괴롭기만 할 뿐, 문제 해결에 아무런 도움이 되지 못한다. 이미 일어난 일의 수습을 위해 무언가를 할 수는 있지만, 일어난 일 자체를 어찌할 수는 없는 일이다. 이미 일어난 일은 일어난 일이다. 일어난 일의 원인 등 실수를 분석해서 교훈을 얻고, 다음에는 똑같은 실수를 반복하지 않는 것이 중요하다. 내가 어쩔 수 없는 일이라면 내버려두고 내가 할 수 있는 일에만 집중하자. 걱정도 습관이고 한숨도 습관일 뿐이다. 중요한 건 지금, 이 순간이다. 현재를 살아라. 현재(present)는 선물(present)이다.

나를 칭찬해주고
부드럽게 대하는
사람들보다
나를 비판하는
사람들이
나를 더 성장시키는
것이다

5. 나를 비판하는 사람들이
   나를 더 성장시키는 것이다

　카페를 운영할 때의 일이다. 본사가 운영하는 '고객의 소리'에는 매장을 칭찬하는 사례도 있지만, 불만족을 신고하는 사례도 종종 있다. 고객 불만 사례가 접수되면 매장에서는 경위를 파악하고 본사에 보고해야 하기에 매우 번거로운 일이 된다. 따라서 불만을 제기하는 손님이 있으면 내용을 경청하고 불편함이 없도록 도와드려야 하는 게 우선이다. 그런데도 종종 지나친 손님에게는 일시적으로 감정이 개입될 때가 있다. 아직 나를 내려놓지 못한 탓이다. 일할 때는 자존심을 버려야 하는데 자꾸만 나를 주장하기 때문에 알량한 자존심과 이별할 수가 없다.

　이렇게 자존심을 버리지 못했던 카페 운영 초기에는 나를 칭찬하고 우리 매장을 칭찬하는 손님을 대하면 기분이 좋아졌고, 나를 비판하고 우리 매장을 비판하는 손님을 대하면 기분이 우울해졌다. 내 기분이 상대방에 의해서 좋기도 하고, 나쁘기도 했으니 내 인생의 주인공은 내가 아니라 상대방이었던 셈이다.

　데일 카네기는 『인간관계론』에서 "사람들을 비난하기보다 그들을 이해하려고 노력하자."라며 그렇게 하는 것이 자신에게도 훨씬 유익한 일이라고 말한다.

　손님에게 '내가 옳다.'라는 주장보다는 '손님이 옳다.'라는 마음이어야 한다. 손님이 왜 그러는지 파악해 보고 그럴 수도 있다는 마음이어야 한다. 그러면 그들의 마음을 이해하게 되고 결국은 자신에게도 도움이 된다.

　이런저런 손님들을 상대하다 보면 져 주는 게 아무것도 아니라는 걸 알게 된다. 애써 마음 쓰지 않고 손님이 원하는 대로 해드리면 된다. 그렇게 하는 것이 자존심과는 아무 관계도 없는 일인 것을 경험으로 알게 된다.

　이렇게 마음을 바꾸자, 어떠한 고객 불만이 접수되어도 우리를 거듭나게 하고 성장하게 하는 좋은 비판의 소리로 생각하게 되었고, 실제로도 속상한 마음 없이 '다음에는 그러지 말아야지.'라고 생각하게 되었다.

　살면서 일어나는 대부분 문제는 인간관계에서 비롯된다. 나는 이렇게 말했는데, 상대방은 저렇게 받아들이면 누구의 문제일까? 듣는 사람이 말하는 사람의 의도와 다르게 들었다면 그것은 말하는 사람이 잘못된 것이다. 상대방은 말로만 듣지 않는다. 말하는 사람의 눈으로 듣고, 말투로 듣고, 표정으로 듣고, 행동으로 듣는다. 그래서 같은 말이라도 다르게 들리는 것이다. 이런 원리를 알고 나서는 웬만한 손님들은 부드럽게 대할 수 있었다.

　그런데 가장 무서운 손님은 비판하는 손님이 아니라 침묵하는 손님이다. 침묵하는 손님은 발길을 끊는 방식으로 자신의 불만을 행동으로 표출하기에 서비스를 개선할 여지도 주지 않는 정말 무서운 손님이다. 이렇게 침묵하는 손님, 침묵하는 동료, 침묵하는 가족은 오늘도 내가 만들고 있음을 기억하자.

나무에 앉은 새는
나뭇가지가 부러지는것을
두려워하지 않습니다.
그것은 나뭇가지를
믿어서가 아니라
자신의 날개를 믿기
때문입니다.

6. 나무에 앉은 새는 나뭇가지가
   부러지는 것을 두려워하지 않는다

　모소 대나무는 중국의 극동 지방에 자생하는 희귀종 대나무이다. 이 대나무는 씨앗이 뿌려진 후 4년이 지나도 불과 3cm밖에 자라지 못한다. 그렇게 4년 동안 시간이 멈춰버린 것처럼 아무런 미동도 하지 않다가 5년이 되는 해부터 매일 30cm가 넘게 자라기 시작한다. 6주가 지나면 15m 이상 자라서 그 자리는 순식간에 울창한 대나무 숲을 이루게 된다. 4년 동안 미동도 없다가 6주 사이에 놀라운 성장을 한 것처럼 보이지만, 사실 모소 대나무는 지난 4년간 땅속에서 깊고 단단하게 뿌리를 내리고 있었고, 그 힘을 지지대 삼아 엄청난 성장을 한 것이다.

　자신을 믿으려면 실력이 갖춰져야 하는데 실력은 하루아침에 만들어지지 않는다. 모소 대나무처럼 오랜 시간에 걸쳐 내 안에 실력의 뿌리가 깊고 단단하게 뿌리내리는 과정을 거쳐야 한다. 단단한 뿌리 내림 없이 빨리 자라기 시작하면 그만큼 빨리 사라져 버릴 수 있음을 기억해야 한다. 그러니 빨리 성장하고 싶어서 조급해하는 자신의 어리석음을 알아차려야 한다. 자신이 얼마나 성장할지는 자신이 얼마나 노력할지에 달려있다. 오늘은 오늘 할 일에만 집중해라. 그렇게 하루하루에 집중하다 보면 실력은 어느 순간에 모소 대나무처럼 훌쩍 자라 있을 것이다. 조급해하지 않았던 기다림의 가치가 빛을 발할 것이다.

2024년 2월에 있었던 아시안컵 축구 호주와의 8강전에서 우리나라는 경기 종료 직전 손흥민이 얻어낸 페널티킥을 황희찬이 성공시켜 극적으로 동점을 만들었다. 그리고는 연장전에 터진 손흥민의 환상적인 프리킥 결승골로 4강에 진출했다.

황희찬은 경기 후 인터뷰에서 자신이 차고 싶다고 하자 손흥민이 양보해 줘서 마무리할 수 있었다며, "실축에 대한 부담은 전혀 없었고 당연히 자신이 있었으며, 그렇게 차기까지 많은 노력과 준비가 있었다."라고 말했다.

이처럼 자신을 믿는다는 건 그냥 이루어지지 않는다. 황희찬 선수처럼 많은 노력으로 자신을 믿을 수 있는 실력을 갖추어야 한다. 아무런 노력도 하지 않고 자신을 믿을 수는 없는 일이다. 자신을 믿는다는 신념도 중요하지만, 그 이전에 실력을 갖추어야 한다. 무모한 믿음으로 해낼 수 있는 것은 아무것도 없다. 자신의 믿음이 유효한 믿음이 되기 위해서는 실력을 갖출 때까지 끊임없이 노력해야 한다. 그렇게 해야 자신이 어떤 환경에 처하더라도 두려움 없이 극복해 낼 수 있다. 당신은 두려움에 굴복할 것인가? 두려움을 극복할 것인가? 당신은 대답하지 마라. 당신의 실력이 이미 대답했다.

나의
가치는
내가
결정한다.

7. 나의 가치는 내가 결정한다

"남의 눈치를 살피는 것도 문제지만, 자기 행동에 대해 모든 사람의 인정을 필요로 하는 경우는 참으로 문제다." 웨인 다이어가 『행복한 이기주의자』에서 다른 사람의 시선에서 벗어나라고 충고하는 말이다.

남의 눈치를 보는 사람은 어떤 사람이겠는가? 다른 사람의 인정을 바라는 사람은 또 어떤 사람이겠는가? 당신은 남의 눈치를 본 적이 있는가? 당신은 다른 사람의 인정을 바란 적이 있는가?

자신의 가치는 자신을 스스로 어떻게 대하느냐에 달려있다. 내가 나를 소중하게 생각하면 다른 사람도 당신을 그렇게 대한다. 반대로 자신을 소중하게 생각하지 않으면 다른 사람도 마찬가지로 당신을 그렇게 대한다. 자신조차 소중하게 생각하지 않는 사람을 다른 사람이 소중하게 대할 리는 없기 때문이다.

또한 자신을 소중하게 생각하지 않는 사람은 다른 사람도 소중하게 생각하지 않을 확률이 높다. 자기를 사랑하지 않는데 다른 사람을 사랑한다는 것은 성립하기가 어려운 까닭이다. 결국 내가 나를 사랑하는 것이 나의 가치를 높이는 길이고, 다른 사람의 시선에서 벗어나는 길이다. 그런데 자신을 사랑하는 것은 말로 하는 것이 아니고 행동으로 하는 것이다. 말은 결과를 만들어 내지 못하지만, 행동은 자신의 가치를 증명하는 결과를 만들어 낼 수 있다.

프로 선수들은 자유계약선수 자격을 얻으면 자신이 증명해 낸 결과에 따라 자신의 가치를 객관적으로 인정받게 된다. 대표적으로 이정후 선수는 2023년 12월에 샌프란시스코 자이언츠와 6년에 1억 1,300만 달러(약 1,484억 원)를 받는 대형 계약을 맺으며, 자신의 가치를 증명했다. 그는 고교 시절부터 "어떻게 하면 야구를 더 잘할 수 있는가?"라며 끊임없이 질문했던 선수로 유명한데, 그 노력의 결과가 메이저리그 진출로 이어진 것이다. 또한 그는 국내에서 본인의 생각과 노력을 바탕으로 정상에 올랐기에 메이저리그에서도 통할 가능성이 크다.

메이저리그 투수들은 기본적인 구속도 빠르지만, 신체 조건이 좋아서 공이 더 빠르게 보여 대처에 어려움이 있다. 하지만 2024년 3월 1일 애리조나전 이후 미국 현지 언론과의 인터뷰에서 이정후 선수는 "겨우내 메이저리그 투수에 대비한 훈련을 했는데 좋은 결과가 나와서 기쁘다."라며 충분히 대비하고 있는 모습이어서, 그의 성공 가능성을 짐작하게 한다.

이처럼 프로 선수들이 성적으로 자신의 가치를 증명하듯, 우리도 우리가 만들어 낸 결과물로 자신의 가치를 증명해야 한다. 나의 가치를 높여주는 것은 내가 만든 결과물이기 때문이다. 따라서 다른 사람의 평가에 연연하지 말고, 내가 지금보다 더 나은 결과물을 만들어 내기 위해 부단하게 노력해야 한다.

남이 못마땅 해서
고치겠고 하는것은
어리석은 일이다.

남의 인생에
신경쓰지 말고
내인생이나 잘살아라.

隨處
作主

8. 남의 인생에 신경 쓰지 말고
   네 인생이나 잘 살아라

우리는 흔히 다른 사람을 지적할 때 "너 잘해."라고 말하며 엄지와 검지로 상대를 가리킨다. 그러면 나머지 세 손가락은 어디를 향하고 있을까? 바로 자신을 향하고 있다. 이는 다른 사람을 지적하기 이전에 나는 어떤가를 먼저 살펴보라는 뜻이다.

사람들은 세상이 변해야 한다고 한탄하면서 정작 자신 먼저 변할 생각은 하지 않는다. 자신은 지금 당장 변할 생각이 없으니 다른 사람 먼저 변해 보라는 말이다. 이 얼마나 이기적인 생각인가? 그러니 다른 사람을 지적하고, 세상을 지적하기 이전에 자신을 먼저 돌아보아야 한다.

"삼성이 변하려면 회장인 내가 먼저 변해야 한다. 그러나 윗사람이 변한다고 말만 하면 믿겠는가. 그래서 나부터 변한 것이고 행동으로 보여주고 있다." 1993년 삼성 이건희 회장이 변화에 대하여 강조한 내용으로 김성준의 『최고의 조직』에서 발췌했다.

변화는 이렇게 자신부터 행동으로 보여주어야 한다. 내가 먼저 모범을 보여야 한다. 내가 하기 싫은 일을 다른 사람에게 전가하지 말아야 한다.

내가 하기 싫은 일은 다른 사람도 하기 싫은 일이다.

부모는 텔레비전을 시청하면서 아이들에게 공부하라고 하면 억지로 하는 공부가 되어 능률이 오를 리가 없다. 아이들이 스스로 공부하지 않는 것은 부모 탓이 크다. 아이들은 부모를 따라 배우기 때문이다. 그런데도 대부분 부모는 공부 안 하는 아이들이 못마땅해서 잔소리한다. 이는 자신에게 해대는 잔소리처럼 어리석은 일이다.

아이들에게 잔소리하기 이전에 나는 어떤가를 먼저 생각해야 한다. 앞서 말한 손가락 법칙을 생각해야 한다. 이는 비단 부모에게 국한되는 이야기가 아니다. 부모든 직장 상사든 선배든 높은 위치에 있는 사람 모두에게 해당하는 말이다. 높은 위치에 있다고 함부로 말해서는 안 된다. 자신도 하기 싫으면서 남에게 강요해서는 안 된다.

대부분 사람은 자기 자신도 고치기가 어렵다. 금연 약속을 지키지 못하고, 다이어트 약속을 지키지 못하고, 꾸준히 운동하겠다는 약속을 지키지 못한다. 사정이 이런데도 자신을 돌아보지 않고 타인이 못마땅하다고 잔소리한다. 잔소리로 이뤄낼 수 있는 건 아무것도 없다. 하는 사람이나 듣는 사람이나 감정만 상할 뿐이다. 상대는 당신의 잔소리를 듣기 위해 존재하는 것이 아니다. 그러니 영화 〈친절한 금자씨〉의 명대사 "너나 잘하세요."를 기억해서 나부터 잘하자. 다른 사람에게 영향을 미치는 것은, 당신의 잔소리가 아니라 당신이 솔선수범하는 행동이다.

'내가옳다' 라는
생각을 내려놓으면
괴로움도
사라진다.

隨處
作主

9. '내가 옳다.'라는 생각을 내려놓으면
   괴로움도 사라진다

　마법의 주문을 소개하는 책이 있다. 비욘 나티코 린데블라드의『내가 틀릴 수도 있습니다』이다. "갈등의 싹이 트려고 할 때 '내가 틀릴 수 있습니다.'라는 주문을 세 번만 반복하세요."라는 저자의 메시지는 우리의 마음을 정화해 준다.

　이 말은 자신만의 생각이 옳고 상대방의 생각은 틀렸다는 인식에서 벗어나라는 말이다. 지금 당장 그러한 인식에서 벗어나기 어려우니, 잠시라도 시간을 갖고 '내가 옳다.'라고 고집하는 자신을 알아차리라는 말이다.

　계속해서 '내가 옳다.'라는 주장은 '상대방은 틀렸다.'라는 생각을 불러온다.

　그러면 내가 옳고 상대방은 틀린 것이니, 누가 옳으냐는 논쟁으로 이어져서 상대방도 마찬가지로 '자신이 옳다.'라는 주장을 하게 된다. 이러한 논쟁은 결국은 자존심 대결이 되기 때문에, 서로에게 상처만 남기고 관계는 더욱 소원해지기 마련이다.

　나는 내가 살아온 방식대로 살아가지만, 상대방은 상대방이 살아온 방식대로 살아간다. 누구나 같은 환경, 같은 처지에서 살아온 것이 아니기 때문에 생각하는 바가 다르고, 행동하는 바가 다르다. 그런데도 나처럼 생각하고 나처럼 행동하기를 바라면서 상대를 바꾸어 보겠다는 어리석은 생각은 계속해서 자신을 힘들게 하고, 상대방과는 갈등의 원인이 된다. 이렇게 갈등이 지속되면 상대방을 미워하고 원망하며 짜증 내는 자신을 마주하게 된다.

　모든 사람의 사고방식이 똑같다면 그러한 세상에 사는 재미가 있을까? 조직 내에서도 다른 목소리가 있어야 다른 생각을 할 수 있다. 상대방의 다른 사고방식으로 인해 내가 생각하는 관점에도 확장이 온다. 그러니 다른 사람의 생각이 옳다는 것이 아니라, '다른 사람은 저렇게도 생각하는구나!', '저 사람 처지에서는 그럴 수도 있겠구나!'라고 나와 다른 상대를 인정해야 한다. 타인은 원래 그런 존재다. 그러니 상대방에게 나의 주장을 강요하지도 말고, 타인의 주장을 배척하지도 말자.

　'내가 옳다.'라는 생각은 세상을 살아가는 데 아무런 도움이 되지 않는다. 내가 옳은 것이 아니고, '나는 이렇게 생각하는데 상대방은 저렇게 생각하는구나!'라고 알아차려야 한다. 이러한 알아차림은 화내고 미워하고 원망하는 마음을 불러오지 않기에, 내 마음을 편안하게 해준다. 따라서 내가 괴롭지 않기 위해서, 내가 행복하기 위해서, 내가 생각하는 영역을 넓히기 위해서 '내가 옳다.'라는 생각을 내려놓아야 한다. '당신이 옳다.'라고 고집하는 모습을 타인의 시선으로 바라보라. 억지도 그런 억지가 없다. 정신 차려라!

당신은 타인의 기대를
충족시키기 위해
사는 것이 아니고
타인 또한 당신의
기대를 충족시키게
위해 사는것이
아니다.

10. 당신은 타인의 기대를 충족시키기 위해 사는 것이 아니다

　우리는 늘 주위의 시선을 신경 쓰며 산다. 그렇지 않은 사람은 자신감이 충만한 사람이거나 흔히 말하는 '진상'이라 불리는 사람이다. 일반적인 사람들은 다른 사람의 기대에 부응하려는 삶을 산다. 어려서는 물론이고 성인이 되어서까지 부모님의 기대를 저버리지 못하고, 사회생활을 하면서는 주위의 기대를 저버리지 못한다. 내가 아니고 다른 사람의 시선에 갇혀 산다.

　이렇게 살면 내 인생의 주인공은 내가 아닌 타인이 된다. 그러면 나보다는 그들이 원하는 것을 선택하고, 그들이 원하지 않는 것은 시도할 엄두를 내지 못하게 된다. 당신은 남에게 잘 보이려고 사는 게 아닌데도 말이다.

　롭 무어는 『확신』에서 "당신에 대한 타인의 기대에 부응하기 위해 살 필요가 없다. 당신에게는 타인의 사랑이 아니라 당신 자신의 사랑이 필요하다."라며 먼저 당신 자신을 인정해 주라고 말한다.

　내가 나에 대해 자신이 있으면 내가 무엇을 하든, 어디에 있든 다른 사람의 시선을 신경 쓰지 않는다. 나는 그럴만하다고 자신을 인정하기 때문이고, 자신이 하는 일을 믿기 때문이다. 결국 당신이 다른 사람의 시선을 신경 쓰는 이유는 자신이 없기 때문이다. '이래도 되나?'라는 의심이 들기 때문이다. 당신 스스로 움츠러들기 때문에 자꾸만 자신감이 떨어지는 악순환이 반복된다. 다른 사람이 뭐라 하면 어떠한가? '당신이 나를 뭐라 생각하든 나와는 상관없는 일이다.'라는 마음을 가져라. 당신이 받아들이지 않으면 누구라도 당신에게 상처를 줄 수는 없는 일이다. 당신은 타인의 기대를 만족시키기 위해서 사는 것이 아니다. 당신은 당신의 소망대로 살아야 한다. 그러니 자신을 믿고 당당해져라. 남들의 말과 행동에 영향을 받지 마라.

또한 당신이 부모라면 자녀들이 당신의 기대를 충족시키기 위해 사는 것이 아니라는 것을 염두에 두어라. 자녀가 어릴 때는 돌봐주는 게 사랑이지만 자녀가 성장하면서는 도와주고 싶은 마음을 억제하면서 지켜봐 주는 게 사랑이다. "우리 애들은 어릴 때부터 말을 잘 들어서 여태껏 속 썩인 적이 없어요."라고 말하는 부모들이 있다. 이 말은 무슨 뜻이겠는가? 자녀를 부모 뜻대로 키웠다는 말이다. 자녀가 잘못되는 게 싫어서 실패할 기회를 빼앗으면 안 된다. 이래라저래라 간섭하면 안 된다. 부모의 잣대로 판단해서는 안 된다. 자녀를 진정으로 위한다면 자녀의 실수를 염려하지 말고, 시행착오를 통해서 얻는 경험을 더욱 소중하게 생각해야 한다.

자녀에게 부족함이 없도록 다 해주지 마라. 어느 정도의 부족함은 남겨 둬서 자녀가 그것을 스스로 채워갈 수 있도록 해라. 그것이 자녀를 진정으로 위하는 길이다.

당장의 만족감을
채우려고 잘못된 길로
빠지지 마라.
`자제력을 키워라`

隨處作主

11. 당장의 만족감을 채우려고
잘못된 길로 빠지지 마라

네 살배기 아동 543명을 대상으로 한 명씩 두고 탁자에는 마시멜로 한 개를 올려놓았다. 15분 후에도 남아 있으면 한 개를 더 주겠다고 했는데, 세 명 중 한 명은 마시멜로를 먹지 않았고, 14년 뒤 사후 연구가 이루어졌다. 마시멜로를 먹지 않았던 아이들은 대학에 진학했고, 교사들, 동료 학생들, 부모님과의 관계도 원만했다. 반면 마시멜로를 먹은 아이 중 대다수는 대학에 진학하지 않고 막 일을 했으며, 성공적인 사람은 겨우 몇 명에 불과했다. 자제력과 만족을 미루는 능력은 확실한 성공의 예측 변수가 되었다. 호아킴 데 포사다의 『마시멜로 세 번째 이야기』에 나오는 마시멜로의 이론이다.

어린이나 청소년, 어른 등 나이와 관계없이 지금 당장 하고 싶은 것을 참아낼 수 있는 사람이 얼마나 될까? 눈앞에서 나를 유혹하는 마시멜로를 참아내고, 한 번 몰입하면 시간 가는 줄 모르고 빠져드는 게임을 참아내고, 소파에 누워 리모컨이 주는 편안한 게으름을 참아내고, 술이 주는 노곤함에서 오는 즐거움을 참아낼 수 있는 사람이 얼마나 될까?

사람은 누구나 당장의 재미를 좋아해서 많은 사람이 그런 일상을 보내지만, 모두의 일상이 그런 것은 아니다. 그렇게 해서는 당장만 재미있는 소모적인 삶이 될 뿐인 것과, 삶은 지금 당장으로 끝나는 것이 아님을 알기 때문이다. 그런데도 당장의 재미만 추구하면 내일은 어쩌란 말인가? 당신은 오늘만 사는 것이 아니다.

나도 한때는 메이저리그 야구 게임에 빠져 있었다. 퇴근하면 컴퓨터 앞에서 시간을 보내는 것이 일상이었다. 팀을 결정하고 선수를 선발하고 트레이드로 선수단을 보강하고, 마이너리그에서 잘하는 선수를 불러올리는 등 나만의 야구를 할 수 있었기에 무척 재미있었다. 어찌 보면 회사에서 내 마음대로 할 수 없는 현실을, 야구 게임을 하면서 대리 만족을 느꼈던 것 같다. 이 시기의 나도 분명 나였지만, 인정하기가 어려운 나였다. 매일 허송세월하며 시간을 낭비하는 나였다.

회사 일이 힘들다는 핑계로 나 자신을 합리화하며 게임에 몰두했다. 그리고 얻은 것은 아무것도 없었다. 야구에서는 3번의 기회가 온다는 통념이 있는데, 점수를 내야 할 기회를 놓치면 결국은 지고 만다. 그런데 인생도 마찬가지다. 기회가 언제 주어질지 모르지만, 기회가 주어졌을 때 결과를 만들어 내야 한다. 그러기 위해서는 당장의 유혹을 이겨내고 생산적인 일상을 보내야 한다. 늘 그럴 수는 없더라도 평균적으로는 생산적인 일상이어야 한다. 내가 그토록 즐겼던 야구 게임의 소모적인 일상에서 벗어나 그 시간을 효율적으로 활용하는 것처럼, 당신도 당신의 성장을 방해하는 무언가의 유혹에서 벗어나기를 바란다.

두려움이
패배를 만든다
두려움을
떨쳐버려라

12. 두려움이 패배를 만든다

"변화란 새로운 것에 맞서는 것이다. 맞선다는 것은 도전한다는 것이다. 두려움을 극복하고 도전하는 것이다." 아타라시 마사미는 『사장자리에 오른다는 것』에서 자신의 두려움에 맞서라는 메시지를 전한다.

두려움은 익숙하지 않음에서 비롯된다. 따라서 누구나 해보지 않은 것을 시도할 때 두려움을 느낀다. 두려움은 싫어하는 것을 해야 하는 것에서 비롯된다. 싫어하는 일은 자신이 잘하지 못하고 자신과 잘 맞지도 않는 것이라서 두려움을 느낀다. 또한 두려움은 타인을 의식하는 것에서 비롯된다. 내가 어떻게 할지 자신에 집중하기보다는 타인의 생각과 시선을 의식하기 때문에 두려움을 느낀다.

이러한 두려움을 극복하기 위해서는 익숙해질 때까지 중단 없는 실행이 중요하다.

익숙하지 않음으로 인한 두려움은 자주 많이 시도함으로써 극복할 수 있다. 싫어하는 것은 하지 않으면 되지만 그것을 꼭 해야만 하는 상황이라면 '그러나'의 정신으로 마음을 다스리자. '싫지만 나는 또 해낸다.'라는 적극적인 마음이 필요하다. 또한 남에게 너무 잘 보이려는 마음을 내려놓자. 잘 보이려는 마음은 실수해서는 안 된다는 두려움을 불러와서 결국은 실수의 원인이 될 뿐이다.

2024년 2월에 직원들을 대상으로 변화에 대한 동기부여 강연을 준비했다. 강연은 처음 해보는 일이라 '내가 잘할 수 있을까?'라는 생각에 두려운 마음이 들었지만, 이것도 좋은 경험이라 생각하며 한 달여 동안 충분히 준비했다. 그런데도 자꾸만 미루고 싶은 마음이 올라왔다. 이럴 때 더는 미룰 수 없게 하는 것이 '선언'이다. 언제부터 하겠다는 공표를 하면 더는 미룰 수 없게 된다.

그렇게 선언하고 강연은 여섯 번에 걸쳐 진행했다. 강연은 진행할수록 내용도 더 충실해지고 호응도 좋아서 강연하는 재미가 있었다. '이래서 강연을 하나 보다.'라고 강연하는 직업의 매력을 조금이나마 느낄 수 있었다. 이처럼 두려움을 극복하는 방법은 자신의 의지에 달려있고 그러한 의지는 충분한 준비를 기반으로 한다.

자신의 의지를 믿기만 한다면 인생은 두려울 이유가 없다. 그 의지 안에는 자신을 보호할 수 있는 실력이 감춰져 있기 때문이다. 설사 두렵더라도 '그냥 두려운가 보다.'라고 생각하면 그뿐이다. 닥치면 다 하게 되는 일이다. 미리부터 두려워할 이유가 없다. 자신을 믿어라. 두려움을 문제 삼지 않으면 두려움은 사라진다. 두려움은 얼마든지 자신이 통제할 수 있는 영역이다. 그러니 이제부터는 시도하는 것을 두려워하지 말고, 시도하지 않으려는 자신을 두려워하라.

때론
슬픈마음이 들어도
씩씩하게 살자.

13. 때론 슬픈 마음이 들어도
씩씩하게 살자

사람은 항상 좋을 수 없다. 어떤 일이 매개체가 되어 슬플 때도 있고, 기쁠 때도 있기 마련이다. 슬픔이 오면 슬퍼하는 게 당연하고, 기쁨이 오면 기뻐하는 게 당연하다. 그렇지만 슬픔이나 기쁨에 너무 오래 빠져 있어서는 안 된다. 이성보다 감성이 앞서가면 자신을 통제할 수 없기 때문이다.

슬픔은 슬픔을 불러오고 또 다른 슬픔도 불러오기에 그 안에 오래 머물지 않아야 한다. 당신은 생각이 너무 많다. 생각을 줄여야 한다. 의도적으로 줄여야 한다. 슬프다는 생각에서 벗어나려면 아무 생각도 하지 않아야 한다. 아무 생각도 하지 않겠다는 생각조차도 없어야 한다. 그리고 자신을 돌아봐라. 현재의 자신이 무엇을 하고 있는지 바라봐라. 그리고 말해줘라. 그만 슬퍼하라고, 이제는 원래의 일상으로 돌아오라고.

웨인 다이어는 『마음의 태도』에서 "모든 가능성을 환영하는 열린 마음으로 살 것인지, 환경 탓만 하며 닫힌 마음으로 살 것인지는 당신의 선택이다."라며 힘들더라도 좌절하지 말 것을 당부한다.

그러니 힘든 일이 있어서 비록 슬픈 마음이 들더라도 표정만은 밝게 하

자. 당신이 어두운 표정이면 자신도 슬픔에 갇히지만, 주위 사람들도 어둡게 한다. 주위 사람을 위해서가 아니라 자신을 위해서 표정에 변화를 주자. 하늘도 스스로 돕는 자를 돕는다. 슬픔에 갇혀 사는 사람과, 비록 마음은 슬프지만 이겨내려고 노력하는 사람이 있다면, 하늘은 노력하는 사람을 도와줄 것이다. 자신을 위해서라도 씩씩해지기 위해 노력하자.

나도 2020년 2월에 원인을 알 수 없는 다발성 통증으로 우울감에 빠졌을 때가 있었다. 자가면역질환이 의심되고 혈액 염증 수치 검사 결과도 나빠서 대학병원으로 전원했지만, '류머티즘' 검사와 '복부 CT' 검사 등에도 아무 이상이 없었다.

그렇지만 무릎 통증으로 여전히 계단을 오르내리는 일이 힘들었고, 왼쪽 손목과 오른쪽 어깨의 통증도 그대로여서 카페에서 아무 일도 할 수가 없었다. 약을 먹어도 증세는 그대로이고, 언제 나을지도 모르는 기약 없는 시간만 흘러가서 마음도 점점 우울해졌다. 그러다 어느 순간에 간절함이 생겼다. 이렇게 무기력하게 지낼 수는 없다는 생각이었다. 내가 할 수 있는 것은 기도밖에 없었다. 종교가 있는 것도 아니었지만 불교의 가르침이 좋아서 부처님께 기도했다.

처방받은 약으로는 나아짐이 없어서 약은 중단한 상태였고, 오직 나을 수 있게 해 달라는 간절한 마음밖에 없었다. "제발 나을 수 있게 해주세요. 제발 일할 수 있게 해주세요. 간절하게 기도합니다. 부처님 감사합니다."

일주일이 지나자, 신기하게도 다발성 통증이 조금씩 좋아지고 있었다. 커피 탬핑도 조금씩 가능해졌고, 손목과 어깨의 통증도 조금씩 나아져서 설거지도 겨우겨우 할 수 있는 정도가 되었다. 통증이 조금씩 나아지니 간절한 기도는 날마다 이어졌고, 결국 그 해가 가기 전에 혼자서도 일할 수 있을 정도로 완전히 나았다. 다 낫고 보니 병이 낫길 바라는 간절한 마음이 병을 극복하게 했다는 생각이 든다.

결국은 이 역시도 마음먹기 나름이라는 생각이다. 아무것도 하지 않고 슬픔에만 빠져 있으면 희망이 생길 수가 없다. 간절함도 희망하는 마음이 있어야 생긴다.

하버드의대 교수인 제롬 그루프먼은 믿음과 기대의 효과인 플라시보 효과를 언급하며 "사람들이 병을 극복하는 과정에서 희망이 중요한 역할을 한다. 희망을 토대로 믿음과 기대를 하는 사람은 성공할 가능성이 크다."라고 말했다.

마음에 분노가
일어나는 것은
내가 옳다는 생각에
너무 치우쳐 있는
것입니다.

14. 마음에 분노가 많으면
생각이 편협해진다

우리의 감정과 정서는 무의식이 아닌 현재 의식이기 때문에 자각할 수 있어야 한다. 화가 나면 화가 난 줄을 알아차려야 하고, 질투하면 질투하는 자기를 볼 수 있어야 한다. 우울하면 우울한 것을 알아차려야 하고, 누굴 미워하면 미워하는 자기를 볼 수 있어야 하지만, 우리는 일상생활에서 이를 알아차리지 못할 때가 많다.

자기주장이 강한 사람은 자신을 중심에 두기 때문에 남을 이해하거나 배려하는 마음이 부족하다. 내가 옳으니 네가 변해야 한다는 마음이 자리 잡고 있어 주위에 있는 사람을 자기 뜻에 맞추려는 경향이 있다. 자신의 잣대에 맞지 않는다고 해서 일방적으로 상대가 틀렸다고 말하고, 상대를 향해 왜 나와 같은 생각을 갖지 않느냐고 따진다. 그런데 문제는 내가 남의 잘못을 지적하고 고치기를 원하듯, 남 역시 나의 잘못을 지적하고 나를 고치려 한다는 것이다. 서로가 문제의 원인을 상대방에게 돌린다.

문제가 생겼을 때, 나 아닌 다른 사람에게 원인을 찾으면 절대 해결할 수 없다. 나는 옳은데 그것을 주변 사람들이 인정하지 않는다고 하더라도 그 사람들을 무시하거나 혐오해서는 안 된다. 그저 '나는 내가 옳다고 생각하지만, 사람들은 저마다 가치관이 다르니까 내 생각과 다를 수도 있겠지.'라고 해두면 된다.

같은 대상을 보고 다른 사람은 나와 다르게 알고 이해한다는 사실을 아는 것이 중요하다. 사람마다 개성과 차이가 있음을 인정해야 한다. 나를 독립된 존재로 인지하듯, 상대 역시 있는 그대로를 인정해야 한다.

내가 장단점을 모두 갖고 있듯이 상대도 그러함을 깨우쳐야 한다. 상대의 태도나 행동이 마음에 들지 않고 신경에 거슬리더라도 욕을 하거나 인신공격하기 전에 그것을 부정적으로 보고 있는 나의 마음을 먼저 살펴야 한다.

이처럼 마음 챙김 연습으로 알아차리고 깨닫는 것을 강조하는 이유는 알아차림이 브레이크 역할을 하기 때문이다. 알아차리는 순간 상대에 대한 비판이나 판단의 가속페달 대신 브레이크를 밟음으로써 마음이 평정을 찾게 된다. 상대의 관점에서 이해하려고 노력하거나 최소한 거리를 두면서 그냥 바라볼 수 있게 된다. 그러면 편견이 없어지고 그 상황에서 '이런 관점도 있고 저렇게도 이해하는구나.' 하며 다양한 관점을 수용하게 되어 후회하는 일이 줄어든다.

이렇게 마음 챙김 연습으로 내 생각도 옳고, 네 생각도 옳다는 넓은 생각으로 이 세상을 살아가야 한다. 남을 잘 이해하는 것이 자신을 더욱 잘 이해하는 틀이 되고, 나와 남에게 이익되는 참다운 선물을 한 아름 안겨 주는 인연이 만들어진다.

이제부터는 '내가 옳다.'라는 생각을 내려놓자. 내가 옳고 다른 사람이 틀린 것이 아니라, 나와 다른 사람의 생각이 다를 뿐이라고 생각하자. 그리고 마음 챙김을 하는 이유는 내 마음이 괴롭지 않기 위해서이고, 내가 행복해지기 위해서라는 것을 잊지 말자.

무언가에
불만이 있더라도
평정심을
되찾은 뒤에
표현하라.

隨處作主

15. 무언가에 불만이 있더라도
평정심을 되찾은 뒤에 표현하라

우에니시 아키라는 『둔감력 수업』에서 "억지로 참기보다는 둔감력을 발휘해 신경 쓰지 않아야 스트레스 없이 분노라는 감정을 잊을 수 있습니다."라며 사소한 일에 너무 신경 쓰지 않아야 한다고 말한다.

불만을 키우는 방법은 내가 가진 불만에 집중하면 된다. 계속해서 씩씩거리며 화를 키워서 불만을 표출하면 된다. 내가 마음에 들지 않는 것을, 큰 소리로 말하고 거칠게 행동하며 내가 이만큼 화가 났다는 것을 표시하면 된다. 그러면 불만이 최고조에 달하여 분노로 바뀐다. 그다음에는 어떻게 되겠는가? 분노라는 감정에 사로잡혀 복수하고 싶은 마음에 분쟁이 발생하고 어쩌면 법의 처벌을 받을 수도 있다.

살면서 발생하는 모든 분쟁은 아집에서 비롯된다. 자기중심의 좁은 생각에 집착하여 다른 사람의 입장을 고려하지 않고 자기 견해만을 내세운다. 그러니 다른 사람의 생각을 들어보겠다는 마음조차 없어 '그럴 수도 있겠다.'라는 생각이 비집고 들어올 틈이 없다. 자신은 그럴 수 있으면서, 상대는 그럴 수 없다는 마음이다. 이 무슨 '똥고집'이란 말인가?

이런 사람에게 고집 좀 그만 부리라는 말은 소용없는 말이다. 본인이 고집을 부리고 있다는 것을, 알고도 모르는 체하며 또한 말꼬리 잡기 선수이기 때문에 이런 말은 상황을 더욱 악화시킨다. 이럴 때는 자존심을 내려놓으면 된다. 자존감이 높은 사람은 마음 평수가 넓어서 자존심을 내려놓는다고 마음이 상하지 않는다. 어느 한쪽이 양보하지 않고 서로가 옳다고 고집할수록 분쟁만 커질 뿐이다. 분쟁이 발생하면 옳고 그름을 떠나서 이기냐 지냐의 싸움이 되기 때문에 서로가 상처를 입게 마련이다.

감정이 통제되지 않을 때는 말을 아껴야 한다. 그래야 나중에 후회할 일이 줄어든다. 정제되지 않은 거친 말은 결국 자신에게 해가 되어 돌아오기 때문이다.

상대를 고칠 수는 없는 일이다. '상대를 고치겠다.'라는 마음 자체가 자신은 옳고 상대는 틀렸다는 말이기 때문이다. 자기 자신도 고치기 어려운데, 어찌 상대를 고치겠다고 하겠는가? 통제할 수 있는 사람은 오직 나 자신뿐임을 명심하자.

상대가 가진 불만은 어쩔 수 없겠지만, 내가 가진 불만은 사그라들게 하자. 불만이 더는 자라지 않게 '그럴 수도 있다.'라고 이해하는 마음을 갖자. 즉각적인 대응을 자제하고 말을 아끼며 시간을 흘려보내자. 그러면 평정심이 찾아올 것이다. 상대의 반응에 개의치 말고 오직 자신의 마음을 통제하는 데 집중하자. 막상 해보면 정말로 쉽지 않지만, 경험이 쌓으면 개의치 않게 된다. 카페 사장 8년의 경험이고, 그것이 자신을 지키는 최고의 방법이다.

2장

모든 것은
내 마음에서
비롯된다

뿌리깊은
나무는
바람에
흔들리지 않는다.

16. 뿌리 깊은 나무는
   바람에 흔들리지 않는다

뿌리 깊은 나무는 바람에 흔들리지 않으므로, 꽃이 피고 열매가 많다. 여기서 '뿌리 깊은 나무'는 '평정심'이라는 말로 대체할 수 있다. 평정심의 사전적 의미는 외부의 어떤 자극에도 동요되지 않고 항상 평안한 감정을 유지하는 마음을 말하기 때문에, 평정심이 있으면 바람에 흔들리지 않는다.

2020년 1월, 코로나19가 시작되었을 때 카페를 하고 있던 나도 평정심이 필요했다. 뿌리 깊은 나무가 되어야 했다.

김미경 강사는 『리부트』에서 코로나19 초기에 '처음 며칠 동안만 이러다 말겠지.'라고 생각했다고 한다. 그러다 모든 강의가 취소되고 절박한 상황에 부닥치자 힘겨워서 가만히 있어도 마음이 자꾸 우울과 불안으로 기울어져 갔다고 했다.

나도 마찬가지였다. 1월 20일에 우리나라에도 최초 확진자가 발생했지만, 길어야 한두 달이면 끝날 거로 생각했다. 1월 매출도 전년과 비교해서 별 차이가 없었기에 더욱 그렇게 생각했다. 그러나 2월에 신천지 대구교회를 매개로 집단 감염이 발생하면서 상황이 급변했고 불안한 마음에 통장

잔액부터 확인해야 했다. 다행히 최악의 상황에도 8개월 정도 버틸 여력이 있었지만, 그래도 한편으로는 걱정스러운 마음이 들었다. '걱정하지 말자. 지금은 어쩔 수 없다. 내가 걱정한다고 해결될 일도 아니다.'라고 마음을 다잡아도 누구도 예측할 수 없는 초유의 사태에 불안한 마음이 드는 것은 어쩔 수 없는 일이었다. 하지만 그때마다 걱정하는 나를 자각하고, 우울해하는 나를 자각해서 '그래도 이만하길 다행이다.'라는 마음으로 흔들리지 않았다.

2020년 내내 이어진 매출액의 급격한 감소로 1월에 나를 포함해서 7명이던 직원이 12월에는 3명까지 줄었고, 이후에도 변동은 없었다. 그래도 코로나19 기간에 적자는 면했기에 다행이었다. 정말로 이만하길 다행이었고 이만하길 감사한 일이었다.

2022년 4월 18일부터는 마스크 착용 의무를 제외한 모든 거리 두기 조치가 해제되었다. 무려 2년 1개월 만의 일이다. 4월 17일에 영업을 종료하고 '사회적 거리 두기 좌석'이라는 표식을 제거하면서 그동안 참 애썼다고, 잘 견뎌냈다고 스스로 위로하고 격려했다.

코로나19 기간에 많은 자영업자가 생계에 곤란을 겪었다. 이렇듯 기본적인 생활이 어려운데 평정심을 유지하기는 너무나 힘든 일이다. 나도 같은 상황을 겪었기에 그 마음을 잘 안다. 하지만 어차피 일어날 일은 일어나게 되어 있으니, 나는 내가 할 수 있는 일에만 집중하면 된다. 걱정하는 시간에 묵묵히 나에게 주어진 일을 하면 그뿐이다. 당신 마음에 하늬바람이 불지, 칼바람이 불 지를 환경이 결정하도록 내버려두지 마라. 당신 마음은 당신이 결정하는 거니까.

사람들에게
최선을
이끌어내는 방법은
인정과 격려입니다

隨處作主

17. 사람들에게 최선을 이끌어내는 방법은
   인정과 격려이다

"나에게는 사람들의 열정을 불러일으키는 능력이 있다. 다른 사람들의 장점을 키워주는 데는 칭찬과 격려가 최고다." 데일 카네기의 『사람을 움직여라』에 나오는 미국 실업계에서 최초로 연봉 1백만 달러를 받은 찰스 슈왑의 성공 비결이다.

찰스 슈왑은 철강 회사의 전문경영인이지만, 그가 철강에 대한 지식이 많아서 그 자리에 오른 건 아니었다. 철강에 대한 지식은 직원들이 더 많았다. 그는 철강에 대한 지식보다는 사람을 다룰 줄 아는 능력이 있었기에 그 위치에 오를 수 있었다.

직원들이 잘못을 저지르면 대부분 상사는 꾸짖기에 바쁘다. 장소를 가리지 않고 꾸짖는 데 열을 올린다. 잘못했을 때 꾸중하는 것은, 어찌 보면 당연한 일이다. 하지만 그렇게 당연한 일을 당연하지 않게 하는 것이 중요하다.

왜 그런 잘못을 했는지, 원인을 분석하고 다음에는 그러지 않도록 하는 것이 중요하다. 모두가 있는 자리에서 꾸짖지 마라. 어떻게 할지 호흡을 고른 다음에 따로 불러서 말하는 것이 좋다. 그렇게 하면 잘못한 직원도 자기의 잘못을 반성하고 다음에는 좀 더 열의를 가지고 임한다. 이것이 직원들의 마음에 열정을 불러일으키는 일이다. 반대의 경우에는 반대로 하면 된다. 따로 불러서 칭찬하지 말고 모두가 있는 자리에서 칭찬하고 격려하면 된다. 상사에게 인정받고 있다는 생각 또한 열정을 불러일으키기 때문이다.

직원들을 지배하지 않고 이끌어가기 위해서는 리더의 생각과 전략이 중요하다. 야단치는 일은 다른 사람이 모르게 하고, 칭찬과 격려는 다른 사람이 알게 하라. 그리고 솔선수범하라. 리더가 옳은 방향으로 가고 있다고 생각하면 직원들은 따르게 되어 있다. 반대로 권력을 이용하여 직원들의 잘못을 들추어내고 비난과 비판으로 그들을 지배하고자 해서는 안 된다. 그러면 자신을 정당화하기 위해 변명을 하게 되고 나아가 상처 입은 자존심이 반항심으로 이어지기 때문이다. 직원들은 비난이나 비판보다는 인정과 격려가 있어야 더 열심히 일한다. 믿어주는 마음인 인정과 스스로 동기부여 하게 만드는 격려가 최선의 결과를 끌어낸다.

비난의 목소리는 날카로워서 아프지만, 칭찬의 목소리는 부드러워서 편안하다. 그러니 가시 돋친 말로 비난하지 말고 가능하면 칭찬하려는 마음을 가져라. 그러면 다른 사람의 긍정적인 면을 보려고 노력할 것이고 그러한 노력은 당신 또한 긍정적인 사람으로 만들 것이다. 부정적인 마음도 습관이고 긍정적인 마음도 습관이다. 그러한 습관은 평소의 생활 태도로 만들어진다. 그러니 평소에 다른 사람의 긍정적인 면을 보려고 노력하라. 그것이 당신과 주변 사람들을 변화시킨다.

상대방이
불만스럽고 실망스러운건
상대에게 기대 했던
내 마음 때문이지
상대방거 잘못이
아니다、

18. 상대방이 실망스러운 건
상대에게 기대했던 내 마음 때문이다

　나는 내가 살아온 방식대로 살아가고, 상대 역시 상대방이 살아온 방식대로 살아간다. 따라서 나는 이렇게 생각하는데, 너는 왜 이렇게 생각하지 않느냐고 하는 것 자체가 모순이다. 그러면 당신도 상대방이 바라는 대로 생각하고 행동해야 하기 때문이다. 내가 나를 통제하는 것도 안 될 때가 많은데, 상대에게 '이렇게 저렇게 했으면 좋겠다.'라고 요구하거나 바라는 마음은 상대를 불편하게 할 뿐이다. 상대 역시 당신에게 '이래라저래라.' 요구한다면 당신 역시도 불편하지 않겠는가?

　이와는 반대로 상대에게 바라는 마음 없이 나누는 일을 '무주상보시'라고 한다. 내가 내 것을 누구에게 주었다는 생각조차도 버리고 남에게 내 것을 나누어 준다는 뜻이다. 즉 나눌 때의 마음가짐은 나누었다는 자만심이 없어야 하고, 바라는 마음도 없어야 한다. 바라는 마음이 있으면 은연중에 기대하게 되고, 기대하는 마음이 충족되지 않으면 항상 문제가 되기 때문이다.

　50대의 어느 가장이 나름대로 인생을 열심히 살아서 회사에도, 가정에도 도움이 되었다고 말한다. 그런데 정작 자신의 인생은 허무하다는 생각이

든다며, 왜 이런 마음이 드는지 법륜 스님에게 물었다. "내가 해줬다는 생각이 있으면 섭섭한 마음이 일어납니다. 준 만큼 받으려고 하는 것은 거래일 뿐입니다."라는 지혜의 말씀을 해주셨다. 자신이 해줬다는 마음이 드는 순간 해준 그것만큼 받기를 바라는 마음이 든다는 말씀이다. 그러면 섭섭한 마음이 들어서 인생도 허무해질 수밖에 없다.

법륜 스님의 말씀을 듣고 보니, 나도 그동안 사랑하는 딸에게 해줬다는 마음이 들어서 간혹 섭섭한 마음이 들었음을 알았다. '아빠가 이만큼 해줬으니, 너도 그만큼은 해줘야지.'라는 마음이 거래하는 마음인 것을 알았다. '아빠가 되어서 사랑하는 딸과 거래하는 마음이라니.'라는 생각에 정신이 번쩍 들었다. 그렇게 바라는 마음을 내려놓으니 사랑하는 딸이 그저 건강하게 곁에 있는 것만 해도 무척 행복했다.

자식이 부모 뜻대로 되지 않을 때 흔히들 '내가 너를 어떻게 키웠는데.'라고 원망하듯 말하는데, 이 말도 사실은 자식에게 바라는 마음 때문에 섭섭해서 하는 말이다. 자식을 키우면서 자식이 효도하든, 불효하든 상관하지 말고 바라는 마음 없이 잘 키우는 것으로 만족해야 한다. 자식에게 무엇을 바라고 키운다는 것이 거래이기 때문이다. 자식에 대해서는 엄마가 갓난아이에게 하는 마음이 '무주상보시'이다.

세상은 칭찬만
받고 살기는 힘들다
인정도 못도 먹고
살아라.

19. 세상은 칭찬만 받고 살기는 힘들다

김은정은 『우울할 땐 마카롱보다 마음공부』에서 생각을 가볍게 하라는 메시지를 전한다. "우리가 복잡한 인생을 사는 이유는 생각이 복잡하기 때문입니다. 세상일에 너무 신경 쓰지 마십시오. 사람들의 평가에 개의치 마십시오."

칭찬받으려는 마음은 상대에게 잘 보이고 싶다는 마음에서 나온다. 어찌 보면 남에게 잘 보이고 싶은 마음은 인간이 가지고 있는 본성이라 할 수 있다. 그런데 남에게 잘 보이려는 마음은 자신을 불편하게 한다. 나보다는 남을 앞에 두기 때문이다. 내 생각보다는 다른 사람이 어떻게 생각할까에 더 관심을 두기 때문에 이러한 생각으로 신경 쓰다가 스트레스도 받는다. 내가 다른 사람을 신경 쓰듯이, 다른 사람도 나에 대한 신경을 쓸까? 대부분 경우는 그렇지 않다. 다른 사람은 당신에게 별 관심이 없다. 사람은 원래 이기적인 존재라서 자신 위주로 살아가기에 평범한 당신의 삶에 그다지 관심이 없다.

그러니 상대로부터 칭찬을 받든 비판을 받든 크게 염두에 두지 마라. 칭찬을 받았다고 교만하지도 말고, 비판을 받았다고 가라앉지도 마라. 다른 사람에게 영향을 받지 말라는 것이다. 그런데 칭찬을 받으면 좋은 일이고, 비판을 받으면 나쁜 일인가? 가만히 생각해 보면 당장은 칭찬을 받는 것이 좋겠지만, 자신을 위해서는 비판을 받는 것이 더 좋을 수도 있다. 몸에 좋은 약이 입에는 쓴 법이다. 비판을 받으면 자신을 되돌아볼 수 있는 시간을 갖게 돼서 자신이 했던 말과 행동을 곱씹어 보게 된다. 그러한 과정에서 내면의 성장을 끌어낼 수 있다. 그러니 비판을 받더라도 위축되지 마라. 비판은 상대의 자유이고 위축되지 않음은 나의 자유이다.

또한 상대에게 비판을 받았다고 해서 내가 틀린 것은 아니다. 상대와 내 생각이 다르기 때문이다. 물론 자신이 명백하게 잘못했다는 생각이 든다면 겸허하게 수용해야 한다. 그것이 자신을 엇나가게 하지 않는다. 사람은 늘 잘못도 하고 실수도 한다. 그럴 때마다 반성하고 나아가면 된다. 그것이 내가 내 인생의 주인공으로 사는 길이다. 그러니 다른 사람의 비판이 당신의 마음을 출렁거리게 하지 마라. '다른 사람의 생각은 그럴 수도 있겠다.'라고 생각해라. 상대가 하는 칭찬이나 비판은 내 영역이 아니다. 내가 어쩔 수 없는 일이니, 상대가 칭찬하든 비판하듯 개의치 마라.

칭찬만 받으려 하기보다는 욕을 먹어도 좋다는 마음으로 살아라. 그렇게 사는 것이 남의 평가에 연연하지 않고 자기 주관대로 배짱 있게 사는 길이다. 누구든 모든 사람에게 잘할 수는 없다. 그러니 다른 사람을 기준으로 삼지 말고, 자신의 가치관을 기준으로 삼아서 자신에게 충실해라. 그것이 진정으로 자신을 위하며 사는 길이다.

신뢰은
그사람이 가진
조건을 믿는것이고
신뢰는
아무런 조건없이
믿는것이다.

20. 신뢰는 아무런 조건 없이 믿는 것이다

오구라 히로시는 『회사생활이 힘드냐고 아들러가 물었다』에서 신뢰란 무조건 상대방을 믿는 것이라 정의한다. "상대방이 실수하든, 거짓말을 하든, 배신하든 그래도 상대방을 믿는 것이지."라며 신뢰의 참뜻을 말한다.

신뢰는 아무런 조건 없이 무조건 믿는 것이라지만 상대방을 모르는데 신뢰할 수 있을까? 신뢰는 기본적인 신용을 바탕으로 한다. 신용은 상대방이 현재까지 보여준 실적을 바탕으로 믿는 것이다. 이렇게 신용을 얻은 다음 단계가 신뢰이다. 신뢰하는 단계가 되면 '혹시'라는 마음 없이 무조건 믿어야 한다. 신뢰하는 단계에서 의심은 자신의 신뢰를 값어치 없게 만들기 때문이다.

회사를 그만두고 카페를 창업하기 위해 2015년 11월 중순에 프랜차이즈 본사와 가맹계약을 맺었다. 본사 교육도 차질 없이 받았고, 기존 임대차계약도 월세 인상 없이 갱신되었고, 남은 것은 양도 · 양수 계약으로 인수한 카페의 잔금과 임차보증금 잔금뿐이었다. 이때까지만 해도 모든 일이 순조롭게 진행되는 줄 알았지만, 문제는 발생하고 있었다. 잔금 지급일이 한 달도 채 남지 않았는데, 매물로 내놓은 오피스텔 두 채가 팔리지 않았다. 한 채도 아니고 두 채이기에 시간이 갈수록 초조해졌다. 잔금을 지급하지 못하면 모든 게 물거품이 될 수도 있는 상황이어서 마진도 없이 급매로 내놓았지만, 상황은 달라지지 않았다.

부동산중개업소만 믿고 기다리기에는 시간이 너무 촉박해서 고심 끝에 퇴직 전 회사의 주거래 은행 담당자를 찾아가서 사정을 말했다. "오피스텔 두 채를 담보로 대출을 받아야 하는데 시가의 100%에 해당하는 금액이 필요해요." 은행원 출신인 내가 생각해도 무리한 부탁이었다. 일반적인 담보 대출은 시가보다 낮은 감정가의 60% 정도를 기준으로 하기 때문이다.

은행 담당자는 담보가 부족해서 본점의 승인이 필요한 대출이지만, 괜찮을 거라며 나를 안심시켰다. '일주일 정도면 가부가 결정되지 않을까?'라고 생각했는데 연락이 없었다. '먼저 연락해 볼까?'라는 생각이 들었지만 안 그래도 바쁜데 신경 쓰게 할 것 같아서 좀 더 기다려 보기로 했다. 3일이 더 지나서 원하는 조건대로 대출이 승인되었다는 연락이 왔다. 승인받기 어려운 조건이라 어찌 될지 모른다고 생각했었는데, 일이 이렇게 잘 풀려도 되나 싶을 정도로 감사하고 또 감사했다.

나중에 들은 이야기지만 본점에서는 당초에 '승인 불가'라고 했다고 한다. 은행 담당자인 부지점장은 "우리 지점의 우수거래처에 임원으로 재직하던 분이고 내가 8년을 봐왔다. 믿을 수 있는 사장님이다. 내가 책임지겠다."라고 했다고 한다. '참 어려운 과정이었구나.'라고 생각하니 온몸에 전율이 느껴졌다. 동시에 내가 누군가에게 신뢰받는 사람이라는 사실에 스스로에게도 감사했다.

은행원 시절 지점장님과 같이 일하면서 쌓은 신뢰가 지금의 회사에 입사해서 재기의 발판이 되었고, 퇴직 전 주거래 은행의 부지점장과 거래하면서 쌓은 신뢰가 대출 승인의 원천이 되었다. 결국 무언가가 제대로 진행되기 위해서는 상대를 신뢰할 수 있느냐가 관건이다.

내 경험으로 보면 누구든 현재 위치에서 최선을 다하다 보면 신뢰할 수 있는 사람으로 각인되어 중요한 순간에 빛을 발하게 될 것이다. 세상은 혼자서 살아가는 곳이 아니다. 도움을 주고받으며 살아가는 곳이다. 내가 다른 사람에게 도움을 받은 것처럼, 나도 누군가에게 도움이 되는 사람이 되겠다고, 세상에 보탬이 되는 사람이 되겠다고 다시 한번 다짐한다.

비가 올 때 우산이 되어주었던 대출은 후에 대출금 전액을 상환하여 부지점장이 보여준 신뢰에 폐를 끼치지 않았고, 주거래 은행에 우수고객으로 선정되며 거래 실적으로 보답하고 있다.

신용 대출은 있어도 신뢰 대출은 없다. 상대를 신뢰하기는 그만큼 어려운 것이다. 따라서 당신이 누군가에게 신뢰받고 있다면, 그 어려운 걸 당신이 해낸 것이다.

욕심은
원하는 것의
크기의 문제가 아니라
것을 행하는
태도에
달려있다

21. 욕심은 목표의 문제가 아니라
그것을 행하는 태도에 달려있다

"사람이 돈을 벌겠다고 하는 것은 욕심이 아니다. 노력은 안 하고 돈을 벌겠다고 하는 것이 욕심이다." 욕심에 대한 법륜 스님의 말씀이다.

이처럼 부자가 되겠다는 생각이나, 출세하겠다는 생각 자체는 욕심이 아니라는 말씀이다. 그런 생각을 채우기 위한 노력은 안 하고 바라기만 하는 것과 실행한 결과물보다 더 많은 것을 바라는 것이 욕심이다.

원하는 바가 있으면 인과법에 따라 이치에 맞는 노력을 해야 한다. 원인이 없는 결과는 없기 때문이다. 바라는 것을 얻고는 싶은데 그것을 얻기 위한 노력을 하기는 싫고, 또한 본인이 하는 노력보다 더 많은 것을 바라기 때문에 원하는 것을 얻는 데 실패한다. 우리는 이것을 '욕심'이라고 한다.

범사에 감사하지 못하는 것도 바로 이 '욕심' 때문이다. 지금 가진 것에 만족하지 못하고 더 많은 것을 바라는 '욕심' 때문이다. 지금보다 더 많은 것을 얻으려면 거기에 합당한 노력을 하면 된다. 노력도 하지 않으면서 욕심만 앞세우기 때문에, 범사에 감사하지 못한다.

공부를 잘하고 싶으면 공부를 열심히 해야 하고, 건강해지고 싶으면 운동을 열심히 해야 한다. 그런데 놀기만 하고 운동은 안 하면서, 열심히 노력해서 성공한 사람들과 비교하며 스스로 불행을 자초한다.

노력 없이 성공한 사람이 있을까? '저 사람은 별로 노력도 안 한 것 같은데.'라는 생각으로 착각하지 마라. 상대가 얼마나 노력했는지 당신은 알 수가 없다. 아무런 노력 없이 성공할 수는 없는 일이다.

손수현은 『악인론』에서 "여러 번 반복하지만, 나는 노력 없이 성공할 수 있다고 주장하는 사람들을 믿지 않는다."라며 '실패해도 도전한다.'라는 악인의 깡으로 부단하게 노력하라고 말한다.

우리는 성공한 사람이 부단히 노력했을 시간은 간과하고 그저 결과물만 바라보며 부러워한다. '그 사람이라서 가능했던 것'이라고 스스로 위로하며 여전히 그 자리에 멈춰 선다. 그런데 일단 시작하지 않으면 나아갈 수가 없다. 완벽하게 시작하려면 아예 시작조차 할 수 없으니 일단 시작해야 한다. 무슨 일이든 해나가면서 더 좋은 방법으로 보완하면 된다. 실패는 언제나 할 수 있고, 실패하면 더 좋은 방법을 찾아낼 수 있다. 그러니 시작도 하지 않고 그 자리에 멈춰 있는 것이 무엇보다 큰 실패이다. 따라서 실패하고 싶지 않다면 시작부터 해야 한다.

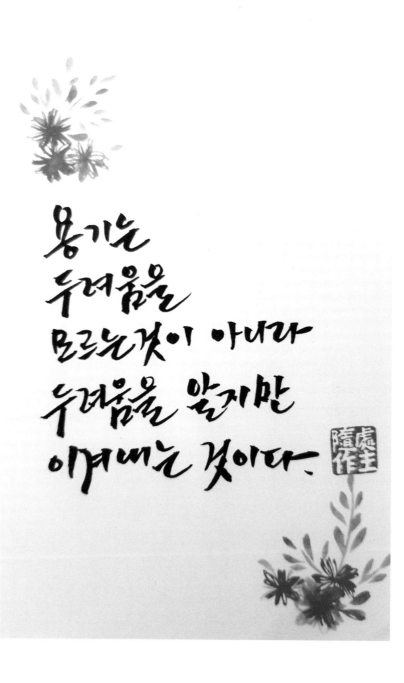

용기는
두려움을
모르는것이 아니라
두려움을 알지만
이겨내는 것이다.

22. 용기는 두려움을 알지만
     이겨내는 것이다

"당신은 사람들 앞에서 연설하는 것을 두려워하는 게 아니라 당신이 만들어 낸 연설의 의미 때문에 두려워한다." 개리 비숍의 『나는 인생의 아주 기본적인 것부터 바꿔보기로 했다』에서 당신이 두려움을 느끼더라도 이겨내라고 격려하는 말이다.

2020년 2월의 어느 날 저녁이었다. 여느 때처럼 식사 후에 팔굽혀펴기를 했는데 200개쯤 했을 때 오른쪽 어깨와 왼쪽 손목이 삐끗했다. 지금 생각하면 이때 중단해야 했지만, 목표였던 300개를 억지로 채웠다. 10년 이상 해오던 거라 괜찮을 거로 생각했다. 하지만 다음 날 새벽에 문제가 발생했고, 다발성 통증으로 이어져 왼쪽 무릎까지 확대되었다. 오른쪽 어깨는 손을 들 수 없었고, 왼쪽 손목은 통증이 돌아다녔으며, 왼쪽 무릎은 굽혀지지 않았다. 엑스레이 촬영과 MRI 검사에 이상 소견이 없고, 치료에도 진전이 없어 소견서를 바탕으로 대학 병원으로 전원했다. 대학 병원에서도 혈액검사 결과 염증 수치가 측정 불가일 정도로 높게 나왔다. CT 촬영을 추가로 진행했지만 이상 소견이 없었다. 몸은 아픈데 치료 방법이 없어서 8개월을 아무것도 할 수 없는 상태로 지냈다.

그러다가 2020년 10월에 극적으로 회복되었다. 병원에서 처방해 준 약은 효과가 없어서 중단한 상태였다. 일할 수 있게 해달라는 간절한 마음밖에 없었는데, 기적이 아니면 뭐라고 설명할 수 없는 일이 일어났다. 정말이지 간절한 마음밖에는 아무것도 없었다. 나도 놀랐지만, 옆에서 모든 것을 지켜본 매니저가 더 놀랐고, 더 신기해했다.

몸이 나았으니 예전에 하던 팔굽혀펴기를 다시 시작해야겠다는 생각이 들었지만, 두려움이 앞섰다. 어깨와 손목과 무릎의 통증을 몸이 기억하고 있어서 쉽사리 시작할 수 없었다. 그렇게 두려움을 극복하지 못하고 1년이 지나갔다. 통증이 심하거나 몸을 제대로 움직일 수 없어서가 아니라, 재발할지도 모른다는 두려움에 시작할 엄두를 내지 못했다. 머릿속은 항상 두려움으로 가득해서 망설이기만 할 뿐, 한 걸음도 쉽게 내딛지 못했다. '두려움을 용기로 바꿀 수만 있다면.' 내게도 필요한 생각이었다.

이렇게 생각을 바꾸는 데에만 1년이 넘게 걸렸다. 이후에도 중간중간 팔굽혀펴기를 시도했지만, 그때마다 약간의 통증으로 5개 이하로 그칠 뿐이었다.

여전히 두려움이 앞서서 제대로 시도하지 못했다. 그래도 이렇게나마 시도한 것이 시발점이 되어서 어느 순간에 10개를 하고, 50개를 해서 지금은 매일 100개까지 하고 있다. 그리고 두려움도 완전히 사라졌다. 두려움을 알지 못하면 용감하기 마련이다. 하지만 두려움을 알고도 용감할 수 있다면 그것이 진짜 용기인 것을 몸으로도 마음으로도 깨달았다. 무엇을 시도하든 두려운 마음이 든다면, '내가 지금 두려워하고 있구나.'라고 두려워하는 자신을 알아차려라. 그리고 자신을 통제해서 용기를 가지고 앞으로 나아가라. 용기는 두려움을 모르는 것이 아니라, 두려움을 알지만 이겨내는 것이다.

용서는 지나간일에대한
집착에서 벗어나
더이상 상대방을
탓하거나
원망하지 않는
것입니다.

23. 용서는 더 이상 상대방을 탓하거나
   원망하지 않는 것이다

노구치 요시노리의 『거울의 법칙』에는 에이코가 아버지를 원망하는 내용이 나온다.

"제대로 된 여자가 되기는 글렀다니! 내가 그 말에 얼마나 상처받았는지 모를 거야." 에이코는 과거를 회상하며 분하고 원통해서 눈물이 멈춰지지 않았다.

카페에서 이 책을 읽다가 전혀 예상하지 못하는 순간에 눈물이 나왔다.

"에이코! 너 지금 아버지에게 얼마나 심한 말을 한 거야? 네 아버지가 지금 쓰러져 울고 계시잖아!" 에이코의 아버지가 왜 오열하고 있는지 그 마음을 알기에 애처롭기도 했지만, 나도 우리 아버지에게 에이코의 고백 같은 말을 한다면, 우리 아버지도 에이코의 아버지와 같은 모습일 거라는 생각에 눈물이 나왔다.

아버지가 경제적인 뒷받침이 안 돼서 불우한 청소년기를 보내며 힘들게 살았던 시절에는 아버지를 미워하고 원망하는 마음이 에이코가 아버지를 미워하고 원망하는 마음보다도 컸다. 내가 어른이 되면서 겉으로는 아무렇지도 않게 지냈지만, 아버지를 이해하는 마음은 없었다. 그러다 마음으로 아버지를 받아들이게 된 건 법륜 스님이 즉문즉설에서 하신 말씀을 듣고 나서부터였다. "부모님도 그 당시에는 어쩔 수 없었을 거라고 생각하면 부모님을 원망하는 마음을 내려놓을 수 있다."

또한 '역지사지'라는 말이 있다. 상대편의 처지에서 생각해 보고 이해하라는 말이다. 그렇게 보면 우리 아버지도 원래부터 능력이 없었던 것은 아니다. 내가 어렸을 적에 우리 동네에서 텔레비전이 있는 집은 우리 집뿐이어서 동네에서 '권력자' 행세를 했다. 내가 허락하는 친구들만 우리 집에서 텔레비전을 볼 수 있었으니 말이다. 그렇게 생각하면 여건이 좋지 않아 어쩔 수 없었던 아버지를 좀 더 일찍 이해할 수도 있었겠다는 생각이 든다.

사람들은 원래 이기적이라 자신이 유리한 쪽으로 생각한다. 청소년기를 어렵게 보냈다고 거기에 핑계 대며 현재의 자신을 합리화한다. 그렇지만 한 번만 더 생각해 보자. 그렇게 자신을 합리화한다고 무엇이 달라지는가? 과거에 무슨 일이 있었든지 중요한 건 지금이다. 과거를 핑계 대며 과거 속에 머무는 것은 누구에게도 도움이 되지 않는다.

지금까지 부모님과 관계가 소원하거나, 부모님을 원망하는 마음이 있다면 법륜스님의 말씀과 '역지사지'라는 말을 곱씹어 보자. 내가 부모님을 원망하는 마음을 내려놓지 못하면 그 마음은 자식에게도 이어져 자식도 나를 원망하게 된다. 불교에서는 이를 '카르마'라고 하며 온갖 나쁜 카르마는 대물림하지 말고 내 대에서 끊어야 한다고 말한다. 그러기 위해서는 부모님을 원망하는 마음을 내려놓고 자식을 믿어주는 마음을 가져야 한다. 그래야 좋은 카르마가 대물림되기 때문이다.

인간은 일어나지 않은 일보다는
그 일에 대한
자신의 생각때문에
상처입는다

생각을 제어하라

24. 인간은 일어난 일에 대한
자신의 생각 때문에 상처 입는다

"우리가 살아가면서 첫 번째 화살을 늘 통제할 수는 없다. 하지만 두 번째 화살은 선택의 대상이다." 조세프 응우옌의 『당신이 생각하는 모든 것을 믿지 말라』에서 말하는 우리를 향해 날아오는 두 대의 화살에 대한 부처님의 설명이다.

어떤 일이 일어났을 때 이미 일어난 일을 되돌릴 수는 없다. 그 일은 첫 번째 화살이다. 왜 그 일이 일어났는지에 대한 원인은 나중에 파악할 일이고, 그 일에 대한 수습이 먼저다. 그렇지 않으면 더 큰 일이 계속될 수도 있기 때문이다.

그런데도 우리는 계속해서 원인에 집중하며 자신의 처지를 한탄한다. "아이고 하늘도 무심하시지."라며 하늘을 탓하고 "아이고 전생에 내가 무슨 죄를 지었길래."라며 전생을 탓하고 "아이고 내 팔자야."라며 팔자를 탓한다. 이것이 두 번째 화살이다. 일어날 일은 어차피 일어난다. 하늘 탓도 아니고 전생 탓도 아니고 팔자 탓도 아니다. 그런데도 이렇게 세 가지를 탓하며 스스로 상처를 키운다.

카페를 오픈하고 8개월쯤 지났을 때 매장에서 화재가 발생했다. 오후

2시쯤 포스기 전원이 갑자기 꺼졌다. 별다른 생각 없이 전원을 다시 켰는데 연기와 함께 타는 냄새가 났다. 직감적으로 누전이라는 생각에 119에 신고하고 소방관의 지시대로 메인 전원을 차단했다. 연기가 점점 짙어져 갈 때 소방관 4명이 도착해서 발화지점을 찾아내고 2분이나 지났을까 했는데 진화가 끝났다. 발 빠르게 대처하는 소방관들을 보면서 정말로 신뢰감이 들었고 큰 피해 없이 마무리되어서 감사하고 또 감사했다.

진화는 끝났지만, 영업을 다시 하려면 여러 가지 복구할 일이 시급했다. 청소도 구석구석 다시 해야 했지만, 무엇보다 전기공사를 다시 해야 했고, 발화지점을 찾기 위해 손상된 문짝들을 수리해야 했다. 서둘러 전기공사를 마친 업체 담당자에 의하면 전기를 많이 먹는 에스프레소 기계는 전원을 단독 구성해야 했는데, 콘센트를 같이 쓰다 보니 누전이 되었다고 했다. 그러니 매장은 처음부터 화재의 위험을 안고 있었다. 카페양도자가 원망스러웠지만 그래도 이만하길 다행이었다. 낮이 아니고 모두가 퇴근한 밤에 이런 일이 벌어졌다면 어쩔 뻔했을까? 정말 상상도 하기 싫은 장면이 떠올랐다.

원망하는 마음은 내려놓고 빠르게 움직인 덕분에 다음날부터 정상적으로 매장을 열 수 있었다. 하지만 매장에는 아직도 매캐한 연기 냄새가 남아 있었고 내 머릿속에서는 화재 당시의 잔상이 남아 있어서 한동안 화재를 염려하는 트라우마를 겪었다. 그래도 '왜 나에게 이런 일이'라고 상황을 원망하지 않고 '이만하길 다행이다.'라는 마음으로 받아들일 수 있어서 감사한 마음이 더 컸다.

발생한 일을 두고 어떻게 생각할지는 당신의 선택이지만, 기왕이면 당신을 어지럽히는 생각을 제어하면 좋겠다. 그것이 두 번째 화살이다.

잘나갈 때에도
교만하지 않게하고
절망속에서도
용기와 희망을
줄수 있는 階
이또한 지나가리라

25. 이 또한 지나가리라

어느 날 이스라엘의 다윗 왕이 반지 세공사를 불러서 "날 위한 반지를 만들되, 거기에 내가 큰 전쟁에서 이겨 환호할 때도 교만하지 않게 하고, 내가 큰 절망에 빠져 낙심할 때도 좌절하지 않고 용기와 희망을 줄 수 있는 글귀를 새겨 넣어라."라고 지시했다. 반지 세공사는 반지에 새겨 넣을 글귀를 고민하다가 현명하기로 소문난 솔로몬 왕자에게 찾아가 도움을 청한다. 그때 솔로몬 왕자가 알려준 글귀가 바로 '이 또한 지나가리라.'이다.

우리는 '이 또한 지나가리라.'라는 말을 슬프거나 괴로운 일 등 안 좋은 일이 있을 때 위로하는 의미로 사용한다. 괴로움도 지속되지 않으며 모든 일은 시간이 해결해 주니 낙심하지 말라는 말이다. 그런데 본래의 의미는 좋은 상황도 지속되지 않으니 교만하지 말라는 뜻이 포함되어 있다. 좋은 상황에서 '이 또한 지나가리라.'라는 말을 떠올리는 사람이 얼마나 될까? 대부분 사람은 좋은 상황에서는 '지금 이대로'를 외치며 들뜨기 마련이다. 다윗 왕도 늘 자신의 교만을 경계했거늘, 우리는 이제부터라도 '지금 이대로'를 외치며 들뜨지 말아야 한다. 또한 '좌절 금지'를 염두에 두고 가라앉지도 말아야 한다. 모든 것은 '이 또한 지나가기' 때문이다.

'이 또한 지나가리라.'와 비슷한 교훈이 이카로스의 날개 이야기다.

최고의 건축가이자 발명가인 이카로스의 아버지 다이달로스는 왕의 뜻을 거역한 죄로 아들 이카로스와 함께 미로에 갇히게 된다. 그곳에서 다이달로스는 몸에 날개를 다는 탈출 계획을 세웠고, 깃털을 모아 밀랍으로 붙인 날개를 달고 날아올라 미로를 쉽게 빠져나왔다. 다이달로스는 아들에게 "너무 높이 날면 태양의 열기 때문에 추락하게 될 것이고, 너무 낮게 날면 바닷물 때문에 날개가 젖어 가라앉을 것이니 중간에서 날아야 한다."라고 당부했다. 하지만 하늘을 나는 마법에 도취한 이카로스는 태양을 향해 높이 날다가 날개를 잃고 바다에 떨어져 죽음을 맞이했다.

이처럼 이카로스는 다이달로스의 경고를 무시하고 너무 높이 날다가 날개를 잃고 바다에 떨어져 죽었다. 그런데 다이달로스는 너무 낮게 나는 것도 위험하다는 경고를 했다. 너무 높이 나는 것이 허황한 욕심이라면, 너무 낮게 나는 것은 낮은 기대와 소박한 일상에 만족하며 현실에 안주하는 삶을 말한다. 이것이 위험한 건 안전하다는 착각을 주기 때문이다. 도전하지 않으니 실패할 염려도 없어서 안전하다는 착각 말이다.

결국 이카로스의 날개 이야기에서 얻을 수 있는 교훈은 너무 높게 날면 욕심부려서 교만하기 쉽고, 너무 낮게 날면 안전하다고 착각해 현실에 안주하기 쉬우니, 너무 높지도 않고 너무 낮지도 않은 중도의 삶을 살아야 한다는 것이다. 어느 한 가지 측면에만 치우치지 말아야 한다.

주변사람들은 잃을까봐
두려워하지 말고
그들의 마음에 들기위해
당신 자신을
잃어버리는 것을
두려워 하라. 隨處作主

26. 당신 자신을 잃어버리는 것을
     두려워하라

최익성은 『커리지』에서 "관계에서 실망을 주고 싶지 않아서 거절하지 못하는 분들이 많지만, 용기를 내 거절할 줄 알아야 약속을 지키는 힘이 생깁니다."라며 거절하지 못해서 오는 또 다른 문제를 인식해야 한다고 말한다.

내 인생은 온전히 내 것이다. 그러기 위해서는 다른 사람이 중심되지 않고 내가 중심되는 의사결정을 해야 한다. 다른 사람이 어떻게 생각할까를 염려하지 말고, 내 생각이 어떠한지가 중요하다는 말이다. 모든 사람의 생각이 같을 수는 없다. 사안에 따라서 같을 때도 있지만, 다를 때도 있기 마련이다. 그럴 때마다 부딪히는 게 싫어서 자기주장을 하지 않으면 당신은 자신을 잃어버리게 된다. 자기주장이 없는 만만한 사람으로 인식되어 패싱의 대상이 되기 때문이다.

내 주장을 내세우며 대립하라는 말이 아니다. 내 생각은 어떤지 자기의 생각을 정리해서 말할 수 있어야 한다. 다른 사람이 다른 사람의 생각을 말하듯, 나 또한 내 생각을 말해야 한다. 그것이 자신을 지키는 길이다. 당신은 왜 다른 사람의 마음에 들기 위해 눈치를 보며 전전긍긍하는가? 당신의 그런 모습은 당신을 더 초라하게 만들며 악순환의 고리가 된다.

다른 사람이 나의 말과 행동에 영향을 받지 않듯, 당신도 다른 사람의 말과 행동에 영향을 받지 말아야 한다. 남편이 술 마시고 늦게 들어오면 불행하고, 별일 없이 일찍 들어오면 행복한 것이 아니다. 자녀가 공부를 못하면 불행하고, 공부를 잘하면 행복한 것이 아니다. 당신이 원하는 대로 되면 좋겠지만, 그들의 행동과는 관계없이 행복해야 나다운 행복이 완성된다. 그것이 내가 내 인생의 주인공으로 사는 길이다.

나답다는 것은 지금의 내가 어떤 사람인지를 충분히 인식해야 하는 일이다. 그래야 나다움에도 발전이 있다. 내가 잘하는 것과 못하는 것, 즉 나의 잘남과 못남을 알아서 잘남은 조금 내리고 못남은 조금 올려서 균형 잡힌 나로 거듭나야 한다.

당신의 나다움은 어떤 것인가? 당신과 가까운 지인들에게 물어보면 된다. 그러면 당신이 어떤 사람인지 대번에 나온다. 내 경우를 지인들에게 물었더니 '책, 계획, 실천, 본질, 가치, 존경, 예능 천재, 편한 사람, 멘토' 같은 단어로 나를 표현했고 내 생각과 다르지 않아서 '나는 나답게 살고 있구나.'라는 생각이 들었다. 무척 흥미로우니 여러분들도 한 번씩 해보기를 권한다. 지금의 나다움을 알았다면 고칠 것은 고쳐서 발전된 나다움으로 거듭나보자. 자신을 성장시키는 삶이야말로 자신을 빛나게 하기 때문이다.

집착을 버려야

괴로움에서

벗어난다.

27. 집착을 버려야
   괴로움에서 벗어난다

"행복해지기 위해서는 뜨거운 줄 알면 그냥 놓아버려야 합니다. 내려놓으면 된다는 것을 아는 사람의 괴로움은 오래가지 않습니다." 법륜 스님의 『행복』에서 집착을 내려놓아야 괴로움이 사라진다는 삶의 이치를 전하는 말씀이다.

불교의 핵심이 되는 가르침은 집착에서 벗어나라는 것이다. 집착은 모든 괴로움의 원인이기 때문에 벗어나라는 것이다. 집착은 구체적으로 '탐진치'를 말하는데, 탐내어 그칠 줄 모르는 욕심을 '탐욕심'이라 하고, 내 뜻에 맞지 않는다고 미워하고 화내는 것을 '진에심'이라 하며, 사리를 바르게 판단하지 못하는 어리석음을 '우치심'이라고 한다. 이 세 가지 번뇌는 중생의 고통을 만드는 원인이 되며, 괴로움이 완전히 소멸한 상태인 '열반'에 이르는 데 장애가 되므로 '삼독심'이라고 한다.

이렇게 불교 수행은 탐욕, 성냄, 어리석음의 '삼독심'을 버려가는 과정이라고 할 수 있는데, 나는 이러한 '삼독심'에 사로잡혀 집착에서 벗어나지 못하고 있었다. 끊임없이 욕심을 부리고, 끊임없이 '내가 옳다.'라고 주장하고, 끊임없이 어리석은 행동을 하고 있었다. 성공에 대한 집착, 행복에 대한 집착, 자식에 대한 집착 등 온갖 집착으로 가득 차 있었다. 좋은 집을 탐하고, 좋은 차를 탐하고, 좋은 옷을 탐하고, 맛있는 음식을 탐하는 감각적 욕망으로 가득 차 있었다. 감각적 욕망은 채우고 채워도 시간이 지나면 익숙해져서 시들해지기 마련이다. 또한 채우지 못하면 결핍에서 오는 집착으로 그 자체가 괴로움이기 때문에 감각적 욕망을 추구하는 삶은 괴로움에서 벗어날 수가 없다.

그러던 중 즉문즉설을 통해 다시 한번 법륜 스님의 말씀을 들었다. "자녀도 스무 살이 넘으면 성인이기 때문에 자녀의 인생에 관여하지 마라. 성인이 되면 정을 끊어주는 것이 사랑이다."

이 말씀을 듣기 전까지 나는 내 딸을 성인으로 생각한 적이 없었다. 아직도 품 안의 아이로만 여겨서 혹시나 잘못될까 노심초사하고 뭐든지 챙겨주려고만 했다. 이후로는 딸에 대한 집착을 내려놓으니, 관계도 편안해졌고 딸을 염려하는 마음보다 믿어주는 마음이 더 커졌다. 이렇게 딸에 대한 집착에서 벗어나며 생각을 달리하자, 감각적 욕망을 추구하는 삶에도 변화가 왔다. 더 가지려고 욕심부리는 마음을 내려놓을 수 있었다. 법정 스님의 말씀으로 또 한 번 내려놓을 수 있었기 때문이다. "우리는 가진 것만큼 행복한가? 물론 어느 정도 관계는 있겠지만 행복은 가진 것에 의해서 추구되지 않고 마음 안에서 찾아지는 것입니다."

할수 없는
것이 아니라
할수 없다는
마음이
가로막고 있을
뿐이다.

28. 할 수 없다는 마음이
가로막고 있을 뿐이다

"하지만 나는 전 세계 성장률 1위라는 타이틀과 함께 4년 연속 올해의 영업 사원상을 받게 된다." 다니엘 킴이 『세계 최고의 부자들은 어떻게 원하는 것을 이루었는가』에서 미숙한 영업 사원에 불과했던 자신이 치열한 영업을 통해 만들어 낸 결과물을 말하고 있다.

세계 최고의 세일즈맨처럼 '할 수 있겠는데?'라는 생각을 자주 한다면 당신은 이미 성공했거나, 당신이 꿈꾸는 미래에 성공할 수밖에 없다. '할 수 있겠는데?'라는 생각은 지속해서 할 수 있는 방법을 찾게 만드는 실천의 생각이기 때문이다.

반면에 '할 수 있을까?'라는 생각을 자주 한다면 당신이 성공으로 가는 길은 험난할 수밖에 없다. 누구나 '할 수 있을까?'라는 생각에 잠시 머물 수는 있다. 처음 해보는 일에 선뜻 다가서기 어렵다는 것도 인정한다. 그러나 계속해서 '할 수 있을까?'라는 생각으로 시작하기를 주저해서는 안 된다. 그런 생각이 들 때마다 '할 수 있다.', '해보자.'라고 생각을 바꿔야 한다. 그렇지 않으면 계속해서 '할 수 있을까?'를 생각하다 결국에는 할 수 없기 때문이다.

내가 팔굽혀펴기를 처음 시도했을 때도 마찬가지였다. 몇 개를 하자고 목표를 정한 것은 아니었지만 10개를 하고 나니 어깨가 뻐근해져서 더는 할 수 없었다. '겨우 10개 했을 뿐인데 이렇게 힘들어서 계속할 수 있을까?' 라는 생각이 올라왔다. 반면에 '10개씩이라도 계속하다 보면 좀 더 나아지겠지!'라는 생각도 올라와서 매일 10개씩이라도 반복해서 했다. 그러다 15개를 하게 되고 20개를 하게 되어 6개월이 지난 시점에는 하루에 60개씩 5세트를 해서 300개를 하게 되었다. 처음부터 300개를 목표로 했다면 '할 수 없다.'라는 생각이 앞서서 할 수 없었을 것이다.

이 일로 처음부터 목표를 크게 잡지 말고 작게라도 시작하는 것의 중요성을 알았다. '할 수 있을까?'라는 생각이 들 때마다, 그냥 시작하는 것의 중요성을 알았다. 쉬운 일은 누구나 할 수 있는 일이기에 그냥 시작하면 된다. 어려운 일도 마찬가지다. 망설이지 말고 그냥 시작하면 된다. 어렵다는 생각에 시작하지 못하면 계속 어려운 일로 남을 뿐이다. 일단 시작하면 일이 진행되는 과정에서 실력이 는다. 계속해서 할 수 있는 방법을 찾고 실천하기 때문이다. 이처럼 '할 수 있다.'라는 확신은 움직이는 과정에서 방법이 찾아지기도 한다.

존 F. 케네디 대통령은 '달의 연설'에서 달에 가기로 선택한 이유를 그것이 쉽지 않고, 어렵기 때문이라고 말했다. 당신은 언제까지 할 수 있는 것만 하고, 할 수 없는 것은 포기할 것인가? 그러다 보면 어느 순간부터는 아무것도 할 수 없게 된다. 어렵지만 할 수 있다는 '당신의 연설'을 기대한다.

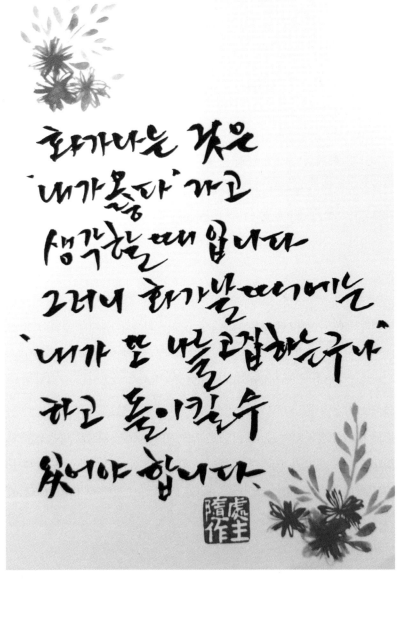

화가나는 것은
'내가 옳다'라고
생각할 때 입니다
그러니 화가날 때마다는
'내가 또 빠져있구나'
하고 돌이킬수
있어야 합니다.

虛主隨作

29. 화가 날 때는
자신을 돌이킬 수 있어야 한다

"당신은 대체 누구기에 이 넓은 호수 한복판에서 하필 내 배를 들이받은 거요?" 수도승은 불같이 화를 냈지만, 배에는 아무도 타고 있지 않았다. 조세프 응우옌의 『당신이 생각하는 모든 것을 믿지 말라』에 나오는 '젊은 수도 승과 빈 배' 이야기의 한 대목이다.

어떤 사람이나 상황, 환경이 나를 화나게 하는 것이 아니라, 그것에 대한 나의 반응이 문제이다. 젊은 수도승도 애초에 화를 낼 상대는 없었다. 자신의 반응이 문제였다.

운전 중 상대방이 끼어들기를 했다고 문제 되는 것이 아니라 거기에 반응하는 자신이 문제이다. 기차에서 우는 아이가 문제 되는 것이 아니라 거기에 반응하는 자신이 문제이다. 운전 중 끼어들기를 했다고 모든 사람이 화내는 것도 아니고, 기차에서 아이가 시끄럽게 운다고 모든 사람이 짜증내는 것도 아니기 때문이다. 내가 끼어들기를 하면 그럴 수도 있고, 내 아이가 울면 그럴 수도 있다고 생각하듯이 상대도 마찬가지로 그럴 수도 있다고 이해하면 화낼 일이 없어진다.

문제가 되는 것은, 상대가 아니라 나 자신이다. 그러니 젊은 수도승처럼 수행을 방해하는 것에 신경 쓰지 말고 내가 어떻게 반응하는지에 신경 써야 한다. 화내거나 짜증 내는 자신을 가만히 지켜봐야 한다. 모든 것은 내 안에 있는 자신의 문제이기 때문에 다른 것을 탓하지 말아야 한다.

웨인 다이어는 "오렌지를 쥐어짜면 어떻게 짜든, 언제 짜든 오렌지가 나온다."라며 "마찬가지로 뭔가가 우리를 쥐어짜면 우리 안에 있는 것이 나온다."라고 말했다. 내 안에 화가 없는데 화를 낼 수가 없고, 내 안에 짜증이 없는데 짜증을 낼 수가 없다는 말이다.

결국 자신을 화나게 하고 짜증 나게 하는 건 바로 자신이다. 상대가 원인을 제공하더라도 모두가 화내고 짜증 내는 것은 아니기 때문이다. 내 안에 있는 것이 화로 표출되고 짜증으로 표출되는 것이다. 우리는 무슨 일이 생기면 꼭 나 아닌 다른 것에서 원인을 찾는다. 다른 것을 탓하고 있는 당신을 보면 "비겁한 변명입니다."라는 말이 떠오른다. 모든 문제는 내 안에 있다. 당신 스스로 당신 안에 있는 것을 보임으로써 나는 이것밖에 안 되는 사람인 것을 보여주고 있다.

세상은 당신이 원하는 대로 될 수만 없다는 걸 알면서도 당신은 마음대로 되지 않는다고 화내고 짜증 낸다. 그게 그렇게까지 화내고 짜증 낼 일인가?

화내고 짜증내고
미워하면
남을 해치기전에
자기자신을 해친다

30. 화내고 짜증 내고 미워하면
자기 자신을 해친다

우에니시 아키라는 『둔감력 수업』에서 "일이 잘못되었을 때 다른 누군가를 탓하는 건 아무런 효과가 없습니다. 그저 마음속에 미움과 분노만 자랄 뿐입니다."라고 말했다.

빵집은 빵 나오는 시간이 있듯이, 우리 카페도 캘리그래피 책갈피가 나오는 시간이 있는데 오늘이 그날이었다. 일주일에 한 번은 손님들이 가져간 수량만큼 채워 놓아야 했기에 집에서 캘리그래피 작업을 하고 있었다.

오후 1시 47분에 매니저가 다급한 목소리로 전화했다. 매장에 전기가 모두 나갔다는 것이다. 우리 매장뿐만 아니라 주변이 모두 정전되었다고 했다. "사장님, 냉동고랑 냉장고 어떡해요? 안에 있는 거 다 녹아버리면 어떡해요?"라며 정신없는 와중에도 자기 일처럼 걱정해 주는 매니저가 고마웠다. 그런데 우리가 걱정한다고 해결될 문제도 아니었고, 차분히 기다리는 일 외에는 할 수 있는 일이 아무것도 없었다.

매니저에게 걱정하지 말고 정전된 매장 사진이나 몇 장 찍어달라고 했다. 난데없이 정전된 매장 사진을 찍어달라니 매니저는 영문을 몰랐지만,

이렇게 급박한 상황에도 블로그 글감으로 사용하면 되겠다는 생각에 매장 사진을 찍어달라고 부탁한 것이다.

종전 같으면 한숨을 내쉬며 '빨리 복구가 안 되면 큰일인데, 재료들을 사용할 수 없으면 오늘만 문제가 아닌데!'라는 생각으로 짜증부터 났을 터였다. 하염없이 기다려야 하는 짜증스러운 상황에 마음만 조급해져서 아무것도 할 수 없었을 거다. 하지만 이제는 그런 생각이 문제 해결에 아무런 도움이 되지 않는다는 걸 알기에, 아무렇지도 않게 캘리그래피 책갈피 작업을 이어갈 수 있었다.

오후 2시 30분에 전기가 복구되었음을 매니저가 알려왔다. 이렇게 43분간의 정전 사태는 막을 내렸다. 카페는 급작스러운 정전으로 영업 중단의 피해를 보았지만, 이때까지 한전에서는 아무런 연락도 없었다. 궁금하기도 해서 정전으로 인한 피해 보상 규정을 살펴보니 한전의 직접적인 책임이 있는 경우에만 배상한다고 되어 있었다. 우리 매장의 경우처럼 1시간 이내의 정전은 정전시간 동안 전기 요금의 3배를 손해배상 한도액으로 배상한다고 되어 있었다.

배상 규정에 따라 지난달 전기 요금을 기준으로 배상금을 산정해 보니 3,508원이 나왔다. 피해 배상을 받기도 어렵겠지만 받는다고 해도 3,508원이라니 어이가 없었다. 그래도 큰 문제 없이 전기가 복구되었고, 일상도 회복되었으니 이만하길 다행이고 이만하길 감사한 일이었다. 그런데 같은 상황에서 원망과 짜증으로 가득한 43분이었다면 어땠을까? 남 탓을 하며 억울한 마음으로 가득했다면 어땠을까? 당신이 어리석은 선택을 하지 않기를 바란다.

3장

당신의 미래는
지금 하는 행동에
달려 있다

가난하게 태어난것은
나의 잘못이 아니지만
가난하게 죽는것은
나의 잘못이다.

31. 가난하게 죽는 것은
나의 잘못이다

행복과 불행을 결정짓는 요인을 묻는다면 대부분 사람은 돈이라고 할 것이다. 그러면 돈이 많으면 행복하고, 돈이 적으면 불행한 것인가? 돈이 많고 적음에 따라 인생이 편하고, 불편하고의 잣대는 될 수 있지만, 돈이 행복을 결정짓는 절대적인 기준이 될 수는 없다. 돈이 많아도 불행하고 돈이 없어도 행복할 수 있기 때문이다.

자청은 『역행자』에서 "돈이 행복을 보장하지는 않는다. 다만 인생의 자유를 보장할 확률은 높다."라고 말했다.

돈이 인생의 자유를 보장한다는 말은 하고 싶지 않은 일은 하지 않아도 된다는 말이다. 돈은 나와 내 가족을 지켜주고 내가 하고 싶지 않은 일은 하지 않아도 되게 하는 힘이 있다. 그렇지만 사는 데 많은 돈이 필요한 것은 아니다. 생활하는 데 부족함이 없으면 그뿐이다. 가난할 때는 돈이 행복의 기준이 되지만, 가난에서 벗어났는데도 계속해서 돈을 행복의 기준으로 삼는다면 헛된 욕망으로 가득 찬 인생이 될 뿐이다.

사람의 욕심은 한계가 없기에 돈이 목적이 되는 삶은 채워도 끝이 없다.

따라서 돈을 갈망하는 욕망은 채워도 끝이 없는 공허한 삶이 될 뿐이다. 그런데 돈이 목적되는 삶이 공허한 삶이라고 말할 수 있으려면 돈 문제를 극복해야 한다. 돈 문제를 극복하지 못하고 돈이 목적되는 삶은 공허한 삶이라고 말하면 자기의 가난을 포장하는 핑계에 지나지 않기 때문이다.

나는 가난하게 태어나지는 않았지만, 한때 가난했던 적은 있었다. 가난했던 적이 있었기에 오히려 더 강해져서 지금은 가난하지 않을뿐더러 가난하게 죽지도 않을 것이다. 사람 일은 알 수 없기에 장담할 수 없겠지만, 내가 그렇게 마음먹었고 거기에 걸맞은 실천을 병행하고 있으니 꼭 그렇게 될 것이다.

당신이 지금 가난한 것은 당신 삶의 결과물이다. 오직 당신 탓이다. 그렇다고 당신 탓을 하면서 현재에 머물지 마라. 당신의 실패를 되돌아보라. 그리고 과거의 실패에서 배우고 앞으로 나아가라. 당신의 미래는 항상 지금 하는 행동에 달려있다.

언제까지 과거를 핑계 대며 어린아이처럼 징징댈 것인가? 부모님이 가난하면 나도 가난하게 살 것인가? 그렇다면 당신 자식도 당신을 따라 할 것이다. 무엇이든 나쁜 것은 내 대에서 끝내겠다는 마음가짐이 중요하다. 나에게 무엇이 주어졌느냐보다 중요한 것은, 주어진 것을 어떻게 활용하는가에 있다. 주어진 것이 많으면 좋겠지만 그렇지 못한 현실을 탓해 봐야 남는 것은 당신의 한숨뿐이다. 주저앉아 타인의 위로를 받으며 허송세월할 것인가? 아니면 툭툭 털고 일어나 앞으로 나아갈 것인가? 환경은 당신에게 영향을 미칠 수 있지만, 거기에 영향을 받고 안 받고는 당신의 몫이다. 환경을 탓하지 마라. 바위틈에서도 꽃은 피어난다.

간절한 마음은
  행동을 강요한다
아직도 행동하지 않고
마음만으로 간절하다면
  당신은 이미
간절하지가 않은것이다.

32. 간절한 마음은 행동을 강요한다

시험에 합격하려면 기도만 하지 말고 시험공부를 열심히 해야 한다. 부자가 되려면 매일 같이 긍정선언문을 읽고 긍정적인 생각을 하는 것도 중요하지만 무엇보다 부자가 되기 위한 행동을 해야 한다. 우리는 이렇게 행동해야 하는 것을 알지만 간절한 마음이면 하늘도 도와주실 거라고 믿고 간절한 마음으로 구원의 기도만 한다. 물론 '하늘은 스스로 돕는 자를 돕는다.'라는 말처럼 하늘은 노력하는 사람을 도와준다. 그런데 자신을 위한 구원의 기도가 노력에 들어갈까?

김형석 교수는 『인생문답』에서 "기도는 날 위한 기도가 아니고 다른 사람을 위한, 사회를 위한 기도가 될 때 하느님께서 내 기도를 들어주실 거예요."라고 말한다.

명동성당의 기도문도 무엇이 생겨서가 아니라 무엇이 나에게 발생하지 않음을 감사하고, 날마다 평범한 생활 속에서 감사를 발견하는 지혜를 달라는 기도이다.

법륜 스님은 『기도: 내려놓기』에서 "바람직한 기도는 내 욕심을 붙이지 말고 큰 뜻을 성취하는 기도를 해야 한다."라고 말한다.

이처럼 기도는 종교를 불문하고 자기를 성찰하는 마음을 내는 것이며, 자신의 소원 성취를 위한 것이 아니라 세상을 위한 마음을 내는 것이 진정한 기도이다.

따라서 자신을 위한 구원의 기도는 노력의 영역이라고 볼 수 없다. 원하는 것이 있으면 원하는 것을 얻기 위한 행동을 해야 한다. 기도는 그다음에 마음의 안정을 얻기 위한 부수적인 행위일 뿐이다. 기도하는 사람들의 소원이 모두 이루어진다면 세상은 어떻게 되겠는가? 상상만 해도 혼란스럽다.

그렇다면 간절한 마음이란 어떤 마음일까? 간절한 마음은 '이거 아니면 안 된다.'라는 마음이다. 해도 그만 안 해도 그만이라면 간절한 마음이 아니다. '이거 아니면 안 된다. 꼭 해야 한다.'라는 마음이라야 간절한 마음이다. 이렇게 간절한 마음이면 무엇을 시도하든 망설임과 두려움 없이 시도할 수 있다.

'내가 할 수 있을까?'라는 생각은 두려운 상태의 생각이다. '어떻게 하면 내가 해낼 수 있을까?'라는 생각이 간절한 상태의 생각이다.

물에 빠진 사람이 지푸라기를 잡아봐야 아무 소용도 없는 일이지만, 간절함이란 그런 것이다. '할 수 있을까?'라는 생각이 들기도 전에 무엇이든 닥치는 대로 행동하는 것이다. 그런데 급해서 간절해지면 선택의 여지도 없고, 이겨낼 방법도 없다. 그러니 평소에 간절해지자. 매일 같이 간절한 마음으로 살 수는 없으니 간절해져야 할 때를 놓치지 말고 간절해지자. 선택할 수 있을 때 간절해지자.

고통이 없으면
이루어지는 것도
없다.

33. 고통이 없으면 이루어지는 것도 없다

쇼펜하우어는 『당신의 인생이 왜 힘들지 않아야 한다고 생각하십니까』에서 "인생에서 가장 큰 고난은 우리가 얻고자 노력하지 않았다는 데 있다. 보람 없는 날들의 반복으로 최후의 목표가 달성될 리 없다."라고 말했다.

당신이 아무것도 하지 않고 안전지대에 머물기만 한다면 진정으로 살아 있다고 할 수 있을까? 아무런 위험 없고 아무런 고통 없는 편안한 일상이 가져다주는 것은 지루하고 공허한 삶뿐이다. 게임을 하거나 텔레비전 앞에서 머무는 시간이 지속되면 후회가 남고, 운동하거나 공부하는 시간이 지속되면 뿌듯함이 남는다. 무엇이든 그것을 할 때 좋은 것보다, 그것이 끝났을 때 좋아야 진정으로 좋은 것이다.

야구 선수는 3할 타자가 되기 위해 7할은 실패한다. 축구 선수는 한 골을 넣기 위해 수많은 실패를 경험한다. 이처럼 실패 없이 이루어지는 것은 아무것도 없는데, 실패를 두려워해서 아무것도 하지 않으면 아무 일도 일어나지 않는다. 실패하는 순간은 고통스럽지만, 고통을 극복해야 비로소 거듭날 수 있다. 모든 고통 뒤에는 성취감이 따라오기 때문이다. 다르게 말하면 고통을 두려워하면 성취감을 느낄 수 없다.

실패하는 사람은 고통의 순간이 크게 보이고, 성공하는 사람은 고통이 가져다주는 결과가 크게 보일 뿐이다. 고통을 좋아하는 사람이 어디 있겠는가? 고통은 버텨내는 것이다. 고통은 해내겠다는 의지가 클수록 덜 고통스럽고 결국은 해내게 되는 것이다. 인생은 고통일 뿐, 고역은 아니다. 견디지 못하는 마음이 있을 뿐, 견디지 못하는 일은 없다.

2022년 6월에 출간한 『당신 참 애썼다』 집필을 위해 5개월간 하루도 빠짐없이 5시간씩 글을 쓰던 적이 있었다. 글이 안 써질 때면 '내가 원고를 완성할 수 있을까?'라는 생각에 글 쓰는 시간도 힘들었지만, 원고를 완성해도 출간을 장담할 수 없었기에 '이렇게 애쓰는 시간이 의미가 있을까?'라는 생각으로 더 힘이 들었다.

그때 힘이 된 것은 '나도 할 수 있다.'라는 마음이었다. "He can do, She can do, Why not me? Do not give up."이라는 말을 읊조리고 또 읊조리며 나도 작가가 될 수 있다는 믿음을 가졌다. 어렵고 힘들다고 생각하니까 어렵고 힘든 일이 될 뿐이었다. '작가는 누구나 할 수 있는 영역이다. 나도 할 수 있다.'라고 생각을 바꾸자, 어렵고 힘들게 생각했던 일이 아무것도 아닌 일이 되었다. 이후로는 나를 의심하는 마음 없이 글쓰기에 집중할 수 있었고 생각보다 빠르게 출간까지 이어질 수 있었다. 고통은 당시에는 고통일 수 있어도 이겨내고 나면 추억이다. '그 시간이 없었으면 어쩔뻔했을까?'라는 아찔한 추억이며 소중한 추억이다. 그러니 당신도 고통이 있다면 이겨내라. 그렇지 못하면 아픈 기억으로만 남을 것이다.

과거에 보낸 시간을
후회하면서도
여전히 똑같은 방식으로
시간을 보내고 있다면
당신은 지금 변화가
필요한 시점이다.

34. 당신은 지금
변화가 필요한 시점이다

　과거를 후회하고 미래를 걱정하는 사람은 늘 같은 선택을 할 가능성이 크다. 과거를 후회하고 오지 않은 미래를 걱정해 봐야 변하는 것은 아무것도 없는데, 늘 하던 대로 한숨을 쉬며 스스로 부정의 기운을 불러오기 때문이다.

　왜 이러는 것일까? 삶의 습관은 쉽사리 바뀌지 않기 때문이다. 삶의 습관을 바꾸기가 얼마나 어려우면 불교에서는 이를 '수행'이라고 한다. 그런데 수행이라고 하면 또 어렵게 느껴지기 때문에 그냥 변화라고 해두는 것이 좋다. 뭐든지 어렵게 생각하면 변하기가 어렵기 때문이다.

　새벽에 알람을 맞춰 놓아도 한 번에 일어나지 못하는 것은 마음의 문제일까? 몸의 문제일까? 이는 일어나기 싫다는 생각에서 비롯된 마음의 문제이다. 해외여행 등 평상시와 다른 중요한 일정이 있으면 사정이 달라진다. 누구라도 한 번에 벌떡 일어날 것이다. 그렇게 하지 않으면 문제가 되기 때문이다.

　그러고는 다시 평소의 일상으로 돌아오면 예전의 상황이 반복된다. 습관이 바뀌지 않았기 때문이고 습관을 바꿀 마음도 간절하지 않기 때문이다.

간절함은 이거 아니면 안 된다는 마음이다. 그렇다면 마음을 간절하게 만들면 되지 않을까? 간절함이 없으므로 문제가 반복되고 있다면 스스로 간절한 상황을 만들어 보자. 한 번에 일어나지 못한다면 부담이 되는 수준의 벌금을 내겠다고 약속하고 실행하자. 그러면 무조건 한 번에 일어나는 습관으로 바뀔 것이다. 분명 변화가 일어날 것이다.

웨인 다이어는 『행복한 이기주의자』에서 "자책감과 걱정을 끌어안고 있는 것만으로 과거나 미래 상황이 변할 것 같은 생각이 든다면 당신은 다른 현실 세계에 살고 있는 사람이다."라고 말했다.

문제를 해결하기 위해서는 방법을 달리해야 한다. 문제가 있는데도 기존에 하던 대로만 해서는 해결책이 마련되지 않는다. 같은 방법으로 계속 시도하는 것을 최선이라고 하지 않는다. 최선이란 시도해 보지 않은 방법들을 연구하고 개발해서 새롭게 도전하는 것을 말한다. 이제는 과거의 실패에서 교훈을 얻고 최선을 다할 때가 되었다. 그리고 지금, 이 순간에 깨어 있자. 과거를 후회하는 나를 알아차리고, 여전히 각성하지 않는 나를 알아차려서 올바르게 변화하자. 당신이 지금 변화하지 않는다면 죽을 때에도 여전히 후회하는 당신을 마주하게 될 것이다. 그래도 괜찮겠는가?

긍정적인 사람은
한계가 없고
부정적인 사람은
한게 없다

35. 긍정적인 사람은 한계가 없고
부정적인 사람은 한 게 없다

　2015년 12월 18일, 카페를 창업하고 새로운 것을 시도하면서 긍정적으로 노력하는 사람에게는 한계가 없다는 것을 다시 한번 깨달았다. 은행원으로 시작해서 중소기업의 임원까지 인생의 대부분을 월급쟁이로 지내다가 공부에 대한 열망으로 자영업을 선택했다. 이후 카페 운영을 비롯하여 여태껏 시도하지 못했던 다양한 일들을 경험했다.

　카페 창업 후 경영학 공부와 독서를 시작했다. 카페 직원을 별도로 두고 있었기에 카페는 내가 필요한 공부와 독서를 하는 공간이 되어서 자영업자로 일하는 시간보다는 공부하고 독서하는 시간이 더 많았다.
　다음으로 아름다운 글씨체를 갖고 싶어서 캘리그래피를 배웠다. 하루에 2시간씩 3개월 과정으로 배웠고, 이후에는 독학으로 나만의 글씨체를 갖기 위한 연습을 꾸준히 실행했다. 그러던 중 우리 매장을 방문하시는 손님들을 위한 특별서비스로 '캘리그래피 책갈피 제공'이라는 아이디어가 떠올랐다. 그렇게 시작된 우리 매장만의 특별서비스는 손님들의 찬사와 응원으로 이어졌고, 우리 매장은 그해에 본사에서 선정한 고객 감동 서비스를 제공하는 20개 매장 중 한 곳으로 선정되었다. 당시 전국의 가맹점이 2,400여

곳에 달했으니 상위 1%에 속한 서비스 우수 매장이 된 것이다.

2022년 6월에는 자기 계발 도서인 『당신 참 애썼다』를 출간한 작가가 되었다. 그동안 공부와 독서를 통해 쌓아온 역량이 글쓰기로 완성된 것이다. 작가가 되겠다는 생각은 한 번도 해본 적이 없었는데, 공부와 독서가 밑거름이 되었다.

2023년 9월에는 카페를 창업하기 전에 임원으로 근무했던 회사에 재입사를 했다. 8년째 카페를 운영하면서 하고 싶은 공부와 독서를 병행하고 있었고 특별한 어려움도 없었기에 처음에는 '굳이'라는 생각이 들었다. 하지만 재입사에 대한 조건도 좋았고, 무엇보다 공부와 독서를 병행할 수 있는 시간도 허락되어서 또 한 번 다른 세상으로 나아갈 수 있었다.

카페는 병행해도 되었지만, 양쪽에서 돈을 버는 것이 욕심이라는 생각이 들어서 주위의 반대에도 불구하고 여태껏 나를 도와준 매니저에게 양도했다. 매니저도 고마워했지만 내가 더 고마웠다. 매니저가 없었다면 내가 공부와 독서에 집중할 수 없었기 때문이다.

2024년 3월이다. 나는 여전히 회사의 부사장으로 일하면서 공부와 독서를 병행하고 있다. 그동안 경영학과와 청소년교육과를 졸업하였고 지금은 국어국문학과에 편입하여 공부하고 있다. 독서는 한 단계 발전해서 2023년 3월부터 시작한 블로그에 책 서평을 남기며 완전한 습관으로 자리 잡았다.

그리고 또다시 책 출간을 위한 글을 쓰고 있다. 전작을 출간하고 나서 글쓰기의 어려움을 아는지라 다시는 시도할 수 없겠다는 생각이었지만 의외의 포인트에서 결심을 굳히게 되었다. 신년에 직원들을 대상으로 변화에 대한 동기부여 강연을 여섯 차례 진행하다 보니, 정작 도전을 망설이고 있는 나 자신을 발견한 것이다. 직원들에게 아무런 위험 없고 아무런 고통 없는 편안한 일상이 가져다주는 것은 지루하고 공허한 삶뿐이라며 도전을 강조하던 나였다.

　결국 직원들에게 하던 말은 나 자신에게 하는 말이었다. 강의 내용처럼 죽을 때 해보지 않은 것에 대해 후회하지 않기 위해서 두 번째 책 출간을 결심했다. 그냥 이루어지는 것은 아무것도 없기에 나는 또 글 쓰는 시간을 견딜 것이다. 이번에도 나는 해낼 수 있음을 안다. 포기하지 않으면 가능할 거니까.

나의 한계에
도전하는 것
그것이 진정한
노력이다.

36. 나의 한계에 도전하는 것,
그것이 진정한 노력이다

2013년 7월 13일 지리산을 이틀 연속 등산하기 위해 성삼재휴게소에 도착했다.

첫날은 성삼재휴게소-노고단-반야봉-세석평전-백무동 코스로 대략 12시간이 소요된다. 둘째 날은 백무동-세석평전-장터목대피소-천왕봉-장터목대피소-백무동 코스로 대략 9시간이 소요된다.

첫날 성삼재휴게소에서 새벽 6시에 출발하여 노고단에 올랐는데, 생각지도 못한 노고단의 운해를 맞닥뜨렸다. 부지불식간에 마주한 노고단의 운해는 무어라 표현하지 못할 정도로 웅장했기에 넋 놓고 바라보다가 비장한 마음조차 들었다. 여태껏 등산하면서 이처럼 멋진 광경은 처음이다. 다른 무엇과 비교가 안 될 정도로 장엄하다. 새벽녘 노고단의 운해는 꼭 한 번 직접 보기를 추천한다.

노고단에서 세석평전까지는 10개의 봉우리를 넘어야 한다. 이럴 때 '언제 가나?'라는 생각은 도움이 될 리가 없다. 맑은 공기와 들꽃을 즐기며 그냥 가면 된다. 가다 보면 어느새 마지막 봉우리인 영신봉을 넘게 된다.

세석평전에서 백무동으로 하산하는 코스는 한신 폭포 등 4개의 폭포를 볼 수 있는데, 폭포에서 떨어지는 우렁찬 물소리가 듣기만 해도 시원하다. 끝자락에 있는 폭포 줄기에 발을 담그면 여름인데도 금방 발을 뺄 수밖에 없을 정도로 차갑다.

백무동에 도착하니 저녁 6시가 되었다. 큰 어려움은 없었지만, 산행 거리가 멀어서 꼬박 12시간이 걸렸다. 많이 걸어서 발바닥도 아프고, 겨우 요기만 했을 뿐이어서 배가 너무 고팠다. 수고한 나를 위해 삼겹살 2인분에 소주 한 병을 맛있게 비우고 내일의 일정을 위해 일찍 잠자리에 들었다.

워낙 많이 걸어서인지 자면서도 다리에 뻐근함을 느꼈다. 잠결에도 걱정이 되어 다리를 들어봤는데 다리가 들리지 않았다. 이 상태로 걷는 건 무리라는 생각이 들었다. 잠결에도 그렇게 걱정하며 아침을 맞았다. 다리가 정상은 아니었지만 그래도 걸을 수는 있을 것 같았다. 한 번 계획을 세우면 계획대로 해야 하는 성격이 현재의 나를 만들었지만, 나를 참 힘들게도 한다.

계획대로 천왕봉으로 향했다. 올라가는 길은 그런대로 괜찮았지만, 하산 길에는 다리가 말을 듣지 않았다. 분명 내 다리인데 통제되지 않고 제멋대로 움직였다. 발바닥은 너무 아프고 무릎도 욱신거리고, 그렇게 다리는 만신창이가 되었지만 그래도 해냈다는 성취감이 아픔을 잊게 했다.

김성근 감독은 『인생은 순간이다』에서 "한계라는 생각이 든다면 스스로에게 다시 물어보라. 몸에 저절로 새겨질 때까지 정신없이 열중해 본 적 있느냐고, 그만큼 절실했느냐고."라고 말했다.

우리는 종종 우리의 한계를 스스로 정하지만, 한계는 갱신되기 위해 존재한다. 오늘의 한계를 내일의 한계로 생각하지 마라. 오늘은 한계는 오늘에 적용될 뿐이다.

　스스로 자신의 한계를 정해서 여기까지라고 생각하지 마라. 그리고 다른 사람들과 비교해서 자신의 한계를 정하지도 마라. 다른 사람들의 인생이 당신 인생의 잣대가 된다면 당신만의 고유한 인생은 존재하지 않게 된다. 다른 사람과 비교하지 말고 당신이 어떻게 할지에 초점을 맞춰라. 한계는 도전하라고 있는 것이다. 자신의 능력에 선을 긋지 마라.

'난 원래 그래'

변하지 않겠다는

핑계일 뿐

원래 그런 것은

없다.

37. '난 원래 그래.' 변하지 않겠다는 핑계일 뿐, 원래 그런 것은 없다

    자신을 자각하지 못하면 늘 하던 대로 생각하고 하던 대로 행동하게 된다. 그러고는 늘 이렇게 말한다. "난 원래 그래." 하지만 당신은 원래 그런 것이 아니다. 변하고 싶은 생각이 없는 것이다. 어떤 일을 하고 싶지 않거나 그 일에 자신이 없는 것이다.

    그런데 당신이 원래 하던 대로만 하면 당신의 인생은 꽉 막힌 도로의 병목현상처럼 정체된다. 앞으로 나아가는 데 오랜 시간이 소요될 것이라는 말이다.

    당신이 변하기 위해서는 '난 원래 그래.'라는 생각에서 벗어나야 한다. 변하지 않겠다는 결심을 바꾸지 않고서는 다른 생각이 무슨 소용이란 말인가? 당신은 이제 '난 원래 그래.'라는 편리함에서 벗어나야 한다. 그동안 이렇게 말함으로써 온갖 하기 싫은 일에서 벗어날 수 있었다. 당신은 '난 원래 그래.'라는 만병통치약에서 벗어나야 한다. 그동안 이 약에 의존해서 아무것도 하지 않을 수 있었다.

    스티븐 코비는 『성공하는 사람들의 12가지 강점』에서 기존의 패러다임에 대한 의문을 가지라며 "몸에 밴 습관적인 사고방식을 버리기 위해서는 엄청난 용기와 깊은 자기 성찰이 필요하다."라고 말했다.

어떤 사람들은 현재의 삶에 불만이 있지만, 그렇다고 변하기는 싫어서 불만을 감수하며 현재의 삶을 살아간다. 또 어떤 사람들은 아무런 변화 없는 편안한 일상에 안주하며 변화할 이유가 없음을 말한다. 이렇게 불만을 느끼며 살아가든 현재에 만족하며 살아가든 당신이 선택한 삶이다. 하지만 당신의 마음속에는 지금보다 더 나아져야 한다는 욕구가 있다. 당신은 지금의 당신보다 더 나은 사람이라는 외침이 있다. 기존의 안락한 패러다임 안에 살면서 내면의 외침을 외면하지 마라. 당신은 원래 그런 사람이 아니다.

A형이라서 소심한 게 아니라 당신이 소심하기 때문에 A형이라는 것을 핑계 댄다. 가난하게 태어나서 불행한 것이 아니라, 당신이 불행하기 때문에 가난하게 태어난 것을 핑계 댄다. 이처럼 "난 원래 그래."라는 말은 당신이 목적 삼고 싶은 것의 적절한 핑계였을 뿐이다. 이제 당신은 이렇게 말해야 한다. "난 원래 그렇지 않아. 내가 하기 싫어서 핑계를 댄 거야. 난 할 수 있어." 이렇게 말하면 당신은 변할 수 있다. 당신이 할 수 있다고 생각을 바꿨으니 말이다. 당신은 이제 "난 원래 그래."라는 말과 이별해야 할 때이다.

내가 허송세월
하고 있는 오늘은
누군가에게는
간절했던
내일이다.

38. 내가 허송세월하고 있는 오늘은
누군가에게는 간절했던 내일이다

　말기 암 환자를 다룬 다큐멘터리 〈큰 것을 바라지 않아요, 서진이가 초등학교 갈 때까지만 살고 싶어요〉를 시청하면서 눈시울이 뜨거워졌다.

　서진이 엄마의 말이다. "제가 암이라는 이야기를 들었을 때, 나도 죽을 수 있구나, 그런 두려움이 먼저 찾아왔고요. 그다음에 바로 서진이밖에 생각이 안 나더라고요." 3개월도 어렵다는 의사의 말에 엄마는 하염없이 눈물이 흘렀다. 병세는 더욱 악화하여 가정 호스피스를 받으며 서진이와 16일을 함께 했다. 그리고 생애 마지막 3일을 평온히 호스피스 병동에서 보냈고 죽음을 맞는다. "엄마 얼굴이 너무 깨끗해요." 철모르는 서진이의 마지막 말이 더 아프게 느껴진다.

　우리는 늘 죽음과는 관계없는 사람들처럼 하루하루를 낭비하며 산다. 그러다 큰 병을 마주하거나, 가족이나 지인의 죽음을 대할 때면 그제야 평범한 하루가 소중한 일상이었음을 깨닫는다. 이해인 수녀님도 암 투병 과정이 얼마나 힘드셨는지, 삶의 의욕을 잃고 하루하루를 무기력하게 보내시던 중 '내가 허송세월하고 있는 오늘은 누군가에게는 간절했던 내일이다.'라는 문구를 떠올리고는 소소한 일상에 감사하며 행복한 삶을 되찾으셨다고 한다.

죽음을 앞둔 사람에게 하루하루는 정말로 간절하게 느껴질 것이다. 우리가 그 간절함을 조금이라도 이해한다면 어제와는 다른 삶을 살아야 하지 않을까? 누구를 위해서가 아니다. 자기 자신을 위해서 우리는 성장하는 삶을 살아야 한다.

매일 매일을 간절한 마음으로 열심히 살 수는 없겠지만, 매년의 삶을 결산할 때 평균적으로는 열심히 살아야 하지 않을까? 봄이 겨울처럼 추울 때도 있고, 겨울이 여름처럼 따뜻할 때도 있지만, 봄은 평균적으로 따스하고, 겨울은 평균적으로 춥기 마련이다. 우리의 삶도 이와 같아서 때로는 낭비하는 하루도 하겠지만 평균적으로는 잘 살아야 한다. 그것이 자신의 인생에 주인으로 사는 길이다.

나 또한 퇴근 후에는 아무런 목표가 없었기에 습관적으로 텔레비전을 보다가 '이렇게 허송세월하며 사는 것이 제대로 사는 것인가?'라고 반성하며 책을 접하게 되었다. 이후로는 꾸준하게 독서하는 습관이 들어서 지금까지 이어지고 있으며 이에 따라 삶에 많은 변화가 있었다.

우리가 지금과는 다른 삶을 살기 위해서는 기존의 습관에서 벗어나야 한다. 의미 없이 보낸 오늘을 반성하는 것에서 시작하고 어떻게 살지를 계획하는 것에서 시작해야 한다. 이 과정에서 계획한 대로 매일 매일 간절하게 살 수는 없겠지만, 간절해야 할 때는 간절해져야 한다. 그래야 우리가 남은 인생을 뿌듯하게 살 수 있다.

노력하지않는
자에게는
기회조차
오지
않는다.

隨處作主

39. 노력하지 않는 자에게는
기회조차 오지 않는다

"성공한 사람들이 가진 특별한 점은 그릿이 있다. 그릿이란 열정과 결합한 끈기로 일곱 번 넘어지면 여덟 번 일어나는 것이다." 앤절라 더크워스가 『그릿』에서 말하는 그릿을 정의한 대목이다.

이 책에서 말하는 열정은 변덕스럽지 않고 변함없이 몰입하는 것을 말하며, 추진력을 바탕으로 해내고 말겠다는 신념을 기반으로 한다. 끈기는 쉽게 단념하지 않음으로 결국은 해내는 것을 뜻하며, 지속력을 바탕으로 할 수 있다는 강한 자신감을 기반으로 한다. 이러한 열정과 끈기는 부단한 노력으로 완성된다.

그런데 노력의 사전적 의미는 '목적을 이루기 위하여 몸과 마음을 다하여 애를 씀.'이다. 우리가 흔히 말하는 노력의 의미는 이 정도 수준이 아니다. 그냥 조금 더 하는 것을 노력이라고 생각한다. 노력의 사전적 의미를 알았다면 이제부터는 함부로 노력이라는 말을 쓰지 못할 것이다. 참다운 의미로서의 노력은 쉽게 실행할 수가 없기 때문이다.

노력과 마찬가지로 괴로움이나 어려움을 참고 견딘다는 '인내'라는 말도 마음으로 참아내고 몸으로 견뎌낸다는 말이다. 할아버지가 손자에게 장난감 놀이를 그만할 때도 이리 달라는 의미로 "인내(이리 내)."라고 한다. 아재 개그 같은 농담이지만 장난감 없이도 참고 견뎌야 한다는 말이다. 이렇게 노력과 인내의 참뜻을 알면 무엇을 시도하든 좀 더 굳건한 마음으로 시도할 수 있다.

우리는 모든 일을 너무 쉽게 생각하는 경향이 있다. 그래서 쉽게 결정하고 쉽게 포기한다. 결정이 쉬우니 포기도 쉬운 것이다. 결정이 어려우면 결정하는 과정에서 문제점들이 충분히 걸러질 수 있고, 그 과정에서 충분한 노력이 들어갔기에 쉽게 포기하지 않게 된다. 역전승을 이루기 위해서는 일곱 번 넘어져도 여덟 번 일어나야 한다. 한두 번 넘어졌다고 포기하면 그대로 끝나버린다. 역전승을 이루기 위해서는 정말로 참고 견뎌야 한다. 당신은 이제 당신 인생이 역전승할 수 있도록 부단하게 노력해야 한다.

노력한다고 다 되는 것은 아니지만 노력하지 않으면 기회조차 오지 않는다. 다르게 말하면 당신의 인생에서 기회를 얻으려면 노력이 필수 조건이라는 말이다. 나에게는 기회가 없었다고 말하지 마라. 그 말은 당신이 제대로 노력하지 않았음을 스스로 인정하는 말이 될 뿐이다.

노력은 내가 하는 영역이므로 스스로 감동할 수 있도록 최선의 노력을 다하자. 그리고 결과는 하늘에 맡기자. 이것이 '진인사대천명'이다.

누구에게나 자기 삶을
바꿀 힘이 있다

각오를 실천하라

40. 누구에게나
   자기 삶을 바꿀 힘이 있다

『화엄경』에 '초발심시변정각' 이라는 구절이 나온다. 처음 먹은 마음 즉 발심이 변하지 않으면 그 자리가 곧 깨달음의 자리라는 말이다. 이는 비단 깨달음의 세계에서만이 아니라 일반 사회에서도 마찬가지이다. 무엇을 하든 처음 결심했을 때가 가장 순수한 때이므로, 이 마음이 끝까지 갈 수 있다면 그 사람은 이미 성공한 사람이다.

처음 먹은 마음이 변하는 이유는 제대로 마음을 먹지 않아서이다. 이렇게 되는 중심에는 '언젠가'라는 마음이 있다. 언젠가 하겠다는 말은 기한이 없다. 도대체 언제 하겠다는 말인가? 지금은 바빠서 못한다는 사람은 시간이 생겨도 하지 못한다. 아무리 바빠도 자신의 각오를 실천하는 사람을 뭐라 설명할 것인가? 그 사람이라서 가능하다는 말은 자기가 못났다는 것을 스스로 인정하는 꼴이다. 그 사람은 가능한데, 당신은 왜 불가능한가?

'언젠가' 하겠다는 말은 이제 그만해야 한다. 구체적인 기한을 정해야 한다. 가능하면 지금 당장 시작해라. 그렇지 않으면 또 언젠가에 굴복할 것이다. 당신의 각오는 시간이 지날수록 희미해지기 때문이다. 완벽한 준비는 핑계를 가져오니, 시작하고 완벽해져라. 일은 해나가면서 얼마든지 보완할 수 있다. 운동하러 가기까지 가장 힘든 일은 문 앞을 나서는 일이다. 처음이 중요하다. 마음먹었을 때 미루지 마라. 행동하기에 가장 좋을 때는 오늘이다.

일반적으로 시작을 미루는 이유는 엄두가 나지 않기 때문이다. 시작하기도 전에 '이걸 언제 다하나?'라는 생각에 자꾸만 시작을 미룬다. 이럴 때는 나이키의 슬로건처럼 'JUST DO IT.' 해야 한다. 일단 시작하고 그냥 시작해야 한다.

달리기를 전혀 안 하던 사람이 당장 마라톤을 완주하겠다는 목표를 세우거나 언젠가 완주하겠다는 목표를 세운다면 어떻게 되겠는가? 아마도 그런 날은 오지 않을 것이다. 작은 목표에 집중하여 걷기부터 시작해서, 빠르게 걷고, 1km를 달리고, 10km를 달리면 마라톤 완주에 도전할 수 있다.

자신이 살아온 삶의 방식을 죽을 때 후회하면 때는 이미 늦었다. 죽을 때는 간절함이 필요하지 않다. 죽을 때 간절하면 본인도 힘들도 주위 사람도 힘들다. 죽을 때는 의연해야 한다. 그러니 지금 후회하라. 지금 후회하고 어떻게 살 것인가에 대한 결단을 내려라. '어떻게 사는 것이 옳은 것인가?'라는 생각을 거듭해서 삶의 방식을 어떻게 바꿀 것인지에 대한 결단을 내려라. 그것만이 '내 인생 잘 살다 간다.'라는 말을 남기는 후회 없는 인생이 된다.

당신이 미래에
어떻게 살고 있을지
궁금하다면,
오늘하루 당신이
어떻게 살 았는지를
되돌아본다.

41. 오늘 하루 당신이
어떻게 살았는지를 되돌아보라

웨인 다이어는 『우리는 모두 죽는다는 것을 기억하라』에서 "한 살이라도 더 젊을 때 당신의 죽음에 대해 생각하라고 말하지만, 사람들은 늘 죽음이 눈앞에 와야 이를 깨닫게 된다."라고 말했다.

우리는 언제나 영원히 살 것처럼 행동하기 때문에 '늘 죽음을 생각하라.' 라는 말은 공염불에 지나지 않는다. 그러다 죽음이 눈앞에 와서야 시도해 보지 않았던 일들을 후회하고, 회복하지 못한 관계들을 후회하지만 때는 이미 늦었다. '우리는 모두 죽는다는 것'을 잊지 말고 기억하여 이처럼 죽을 때가 돼서 깨닫지 말고, 지금 당장 깨달아서 당신이 후회 없는 삶을 살았으면 좋겠다.

내일 죽는다고 생각하면 오늘 하루가 절실하게 느껴질 테지만 매일 같이 내일 죽는다고 생각하며 살 수도 없는 일이다. 하루하루를 그렇게 치열하게 살다가는 정말로 내일 죽을 수도 있기 때문이다. 오늘 하루를 어떻게 살았든지 오늘은 지나갔고 내일은 또 오늘이 된다. 내일도 오늘 같이 살 것인가? 내일은 다른 삶을 살 것인가?

당신이 미래에 어떻게 살고 있을지 궁금하다면, 오늘 하루를 어떻게 살았는지 되돌아보라고 했다. 삶의 습관은 쉽게 변하지 않기에 오늘의 일상은 당신의 미래를 가늠해 볼 수 있는 인생의 축소판이기 때문이다. 내일부터라고 말하지 마라. 미루기를 거듭하는 당신에게 내일은 영원히 오지 않을 시간이다. 오늘부터 점검하고 오늘부터 변화하자.

40대인 사람은 10년 뒤에 어떻게 살고, 50대인 사람은 어떻고, 60대인 사람은 또 10년 뒤에 어떻게 살겠는가? 그들이 지금 어떻게 살고 있는지 사는 방식을 보면 답이 나온다. 레몬을 짜면 레몬즙이 나오고, 오렌지를 짜면 오렌지즙이 나오듯이, 그들은 그들이 살아온 방식에 대한 결과물이 나온다. 레몬을 짰는데 오렌지즙이 나올 수 없듯이, 인생을 낭비했는데 그들이 원하는 결과물이 나올 수는 없는 것이다.

따라서 당신이 원하는 미래를 쟁취하려면 오늘을 당신 것으로 만드는 삶의 습관이 필요하다. 당신을 짰을 때 원하는 결과물을 얻으려면 당신의 수고는 마땅하다. 오늘을 제대로 보내지 않은 사람이 미래를 기대한다는 것은 성립하지 않는다. 시험공부를 제대로 하지 않고 합격을 바랄 수는 없지 않은가?

과거는 이미 지나간 시간이고 미래는 아직 오지 않은 시간이다. 이렇듯 과거와 미래는 당신이 통제할 수 없는 시간이다. 당신이 유일하게 통제할 수 있는 시간은 바로 오늘뿐이다. 이제 당신의 미래는 궁금해하지 않아도 된다. 오늘을 되돌아보면 되기 때문이다.

당신이
편안한 이유는
내가 막길을
걷고 있기
때문이다.

42. 당신이 편안한 이유는
내리막길을 걷고 있기 때문이다

편안함이 쥐고 있는 양날의 검을 제대로 지적한 책이 있다. 하브 에커의 『백만장자 시크릿』이다. "인생의 새로운 단계로 도약하려면 편안한 지대를 뚫고 나와 불편한 일까지 할 수 있어야 한다."라는 저자의 메시지는 편안함에 안주하지 말 것을 경고한다.

당신이 해 왔던 일들을 생각해 보자. 그 일이 무슨 일이었든지 처음에는 불편했을 것이다. 수행했던 일의 난이도에 따라 익숙해질 때까지 걸린 시간은 달랐겠지만, 결국은 익숙해져서 지금의 편안함을 느낄 수 있었다. 일도 마찬가지고 사람과의 관계도 마찬가지다. 일에 적응하고 사람에게 적응하기 위한 일정 시간이 지나야 편해진다.

내가 그간의 익숙했던 회사를 그만두고 카페를 창업한 건 2015년 12월이었다. 카페에 문외한이었기에 본사에서 메뉴 실습 및 기기 사용법에 대한 교육을 받았지만, 메뉴도 워낙 많고 기기 사용법도 익숙하지 않아서 세상에 홀로 던져진 것 같았다. 오픈하는 날까지 '내가 잘할 수 있을까?'라는 걱정만 앞섰다. 오픈하고 나서 오전에는 한가한 편이라 혼자서 일해야 했는데, 모든 게 낯설어서 혼자서는 도저히 일할 엄두가 나지 않아 아르바이트생과 같이 일했다. 그렇게 암기했던 레시피도 현장에서는 잘 적용이 되지 않았다. 실제로 주문을 받아 보니 레시피를 보지 않고서는 음료를 만들 수가 없었고, 레시피를 일일이 확인하느라고 음료 제조도 서툴고 속도가 나지 않았다.

다행히 카페 일에 점차 적응하면서, 한 달여 만에 오전 시간대는 혼자서 일할 수 있었다. 이후에는 카페에 출근해서 오픈 준비를 끝내고 나면 책을 읽으며 여유 있게 아메리카노를 마셨고, 온전히 그 시간을 즐기며 행복을 느꼈다. 이렇게 일이 편안해지자 '어떻게 하면 질 좋은 음료를 빨리 제공해 드릴 수 있을까?'를 생각하며 레시피를 완벽하게 외웠고, 동선도 다시 점검했다. 한 번은 손님이 자신의 블로그에 이런 글을 남겼다. "근데 여기 카페는 신기한 게 있어요. 매장은 넓은 편이고, 일하는 분은 1~2명인데 어떤 음료를 시켜도 엄청나게 빨리 나와요."

당신은 편안한 일상에 안주해도 괜찮다. 그동안 고생한 결과로 편안한 일상을 만들었으니, 현재에 안주하는 것도 괜찮다는 말이다. 하지만 지금 있는 곳이 편안하다고 거기에 계속해서 안주한다면 당신의 삶은 정체되고 머지않아 하락하게 된다. 편안함은 계속해서 더 안락한 편안함을 불러오고, 안락한 편안함은 새로운 도전을 망설여 당신의 성장을 멎게 하기 때문이다. "이제 좀 편안하신가?" 도전할 때가 되었다는 말이다.

먹고 사는데 급急한 사람은
먹고 살만한 삶을 산다.
성공하는 삶을 위해
노력하는 사람은
성공하는 삶을 산다
그것뿐이다. 隨處作主

43. 성공하는 삶을 위해 노력하는 사람은
     성공하는 삶을 산다

"당신은 정신을 바짝 차리고 있지 않다. 당신의 존재를 밝혀줄 무엇을 의식하고 있지 않다. 인생을 바꿔놓을 일들을 하지 않고 있다." 개리 비숍이 『내 인생 구하기』에서 당신의 변화를 위해 쓴소리하는 말이다.

이 구절을 읽으면 정신이 번쩍 난다. 세상은 만만한 것이 아닌데 내가 정신을 바짝 차리지 않는다고 다그치기 때문이다. 더 나은 삶을 위하여 노력하지 않는다고 나무라기 때문이다. 내가 주춤하고 있을 때 잘할 수 있다고 응원해 주는 말도 좋지만, 일시적으로 기분이 상할 수는 있어도 나는 이렇게 뼈 때리는 말이 더 좋다. 어떻게 받아들이느냐에 따라서 그렇지 않을 수도 있겠지만 결국 나를 정신 차리게 하는 비판의 말이 나를 더 성장시키기 때문이다.

응원의 말은 편하게 들을 수 있지만, 비판의 말은 불편할 수 있기에 말하는 사람 처지에서는 비판의 말이 조심스럽다. 그래서 응원의 말은 누구나 할 수 있지만, 비판의 말은 아무나 할 수 없다. 비판은 상대가 이러한 불편함을 감수하고 하는 말이니 생각하면 얼마나 고마운 말인가? 그러니 상대의 쓴소리를 받아들여서 당신의 삶을 풍요롭게 가꾸어라.

축구에서 수비에만 급급한 이유는 수비가 불안하기 때문이고, 공격도 원활하지 않기 때문이다. '최고의 수비는 공격이다.'라는 말처럼, 공격을 강화하면 수비에만 급급하지 않을 수 있다. 수비력을 높이기보다 공격력을 높여야 하는 이유다. 방어만으로는 경기에서 이길 수 없다.

우리의 삶도 마찬가지다. 먹고사는 데만 급급해서는 더 나은 삶을 추구할 수가 없다. 상황을 변화시키기 위한 아무런 노력을 하지 않으면 아무런 일도 일어나지 않기 때문이다. 무슨 일을 하든 상황을 반전시키기 위해서는 생각을 바꾸는 것부터 시작해야 한다. 같은 환경, 같은 처지에 있더라도 생각하기에 따라서 얼마든지 다른 삶을 살 수 있다.

당신이 늘 그렇게 사는 이유는 그 안에서 벗어나려는 노력이 없는 까닭이다. 달라지고 싶다면 벗어나야 하는데 오늘도 지겨운 일상을 반복하기 때문이다. 먹고사는 문제가 해결돼야 다른 일을 할 수 있는 게 아니라, 다른 일도 해야 먹고사는 문제에서 벗어날 수 있다. 당신이, 지금과는 다른 삶을 희망한다면 지금과는 달라져야 한다. 무엇이 어떻게 달라질지는 당신이 선택이고 당신의 결정이다. 어떻게 살 것인가?

모범을
보이는 것이
가장 효과적인
길이다. 隨處作主

44. 모범을 보이는 것이
   가장 효과적인 길이다

에드 마일렛은 『한 번 더』의 힘』에서 좋은 리더가 되려면 먼저 당신 자신을 이끌어야 한다고 말한다. "다른 사람에게 당신이 요구하는 것과 당신이 자신에게 요구한 것이 일치해야 한다. 모범이 되어라. 모든 시선이 당신을 향하고 있다는 것을 기억하라."

내가 하기 싫은 일은 다른 사람도 하기 싫은 일이다. 그런데도 종종 권력을 이용하여 다른 사람을 부리는 경우가 있다. 납품 관계를 이용하여 잡다한 일을 시키고, 직급을 이용하여 자기 일을 대신하게 하고, 힘의 우위를 앞세워 주종관계를 만든다. 그런데 이러한 관계는 권력이 다하면 즉시 해체되기 마련이다. 타인은 당신의 권력에 어쩔 수 없이 고개를 숙인 것이지 당신 자체를 인정한 것은 아니기 때문이다.

엔지니어 76명은 인터뷰에서 "매사에 신경질적인 리더가 겁을 줘 진실을 터놓기 힘들었다."라는 고백이 이어졌다. 에이미 에드먼슨이 『두려움 없는 조직』에서 핀란드를 대표하는 휴대전화 제조업체인 노키아가 실패한 원인으로 사내에 두려움이란 문화가 지배적이었기 때문이라고 언급하는 대목이다.

리더가 구성원들에게 심리적 안정감을 주기 위해서는 어떻게 행동해야 할까? 기본적으로 노키아의 사례에서 언급된 것처럼 리더가 매사에 신경질적이고 소리 지르는 행동을 일삼는 등 공포 분위기를 조성하지 말아야 한다. 구성원들이 리더에게 두려움을 느끼면 그 조직은 '상명하복'하는 침묵의 조직이 되고, 리더의 기세는 더욱 드세어진다.

구성원들이 그러한 리더를 대하는 마음이 어떨지를 생각해 보자. 출근하는 하루하루가 두려운 마음일 것이고, 그 마음속에는 '제발 오늘도 무사히'라는 생각으로 가득할 것이다. 구성원들이 이런 생각으로 살아간다고 생각해 보자. 생각만 해도 그들이 안쓰럽고 애처로워 토닥여 주고 싶다.

리더에게 필요한 건 열린 마음이다. 회사가 성장할수록 리더가 영향력을 발휘할 수 있는 범위는 줄어들기에 독단과 질책을 내려놓아야 한다. 그리고 열린 마음으로 소통해야 한다. 리더가 이렇게 소통하며 솔선수범하지 않으면 하부의 조직도 그런 리더를 따라 배우고 따라 움직이기에 그 조직은 조용하게 죽어갈 것이다.

매주 회의에서 문제점이 보고되는 조직과 문제점을 외면하는 조직의 가장 큰 차이는 '리더가 어떤 사람이냐?'라는 것이다. 소통하는 리더라면 자유롭게 문제 제기가 가능하지만, 불통하는 리더라면 질책이 두려워 문제를 은폐하기 마련이다.

따라서 독단과 질책보다는 인정과 격려가 필요하고, 나아가서는 모범을 보이는 리더가 되어야 한다. 당신은 어떤 리더가 될 것인가?

미래를
만들어 나가는데
능동적인 역할을
하는것은
오롯이 당신의
몫이다. 隨處作主

45. 미래의 삶에 능동적인 역할을 하는 것은
오롯이 당신의 몫이다

저축은행에서 시도했던 어음할인 영업의 성공으로 직장에서는 신뢰를 한 몸에 받았다. 어음할인 취급 잔액이 100억 원을 훌쩍 넘었고, 누적 취급액은 300억 원이 넘었으니 대성공인 셈이다. 영업 실적도 뛰어났고 일하는 재미와 보람도 있어서 미래가 보장되는 것 같았다. 그런데 직장은 연공서열식 연봉제도를 채택하고 있어서 실적에 걸맞은 합당한 대우는 받지 못했다. 받는 만큼 일하지 않았음에도, 일한 만큼 받지 못했다. 여기가 미래는 아니었다. 거래처는 확보하고 있었고, 이 거래처가 아니더라도 영업하는 방법을 알고 있었기에 독립을 꿈꾸었다. 하지만 자본주를 만나는 게 여의치가 않았다. 사채의 길은 내 길이 아니었다.

그러던 중 동남은행에서 같이 일했던 선배의 스카우트 제의로 선배가 팀장으로 있던 금융 IT 기업으로 회사를 옮겼다. 하나은행 및 세븐일레븐과 업무제휴를 맺고 편의점에 'ATM'기를 설치하고 운영하는 회사였다. 회사의 구성원은 대부분 같은 은행에서 일하던 선배와 후배들이었다. 은행과 카드사, 증권사 등 금융기관들과 업무제휴를 위한 마케팅을 진행하고 내부 업무를 분석하느라 1년여의 세월이 빠르게 지나갔다. 그즈음 나를 스카우

트한 선배는 회사를 그만두고 같은 사업모델을 수익원으로 하는 경쟁 업체를 창업했다. 선배가 떠나고 팀장 자리는 내가 물려받았지만, 당시 회사 대표님은 나도 회사를 이탈하지 않을까 노심초사했다. 하지만 그런 일은 일어나지 않았다. 선배가 자신의 미래를 만들어 나가듯 나도 이 회사에서 내 미래를 만들어 나가겠다는 생각이었다.

금융기관을 대상으로 다양한 마케팅을 시도하며 2년여가 지났고, 또 다른 기회가 찾아왔다. 세븐일레븐의 모기업인 롯데그룹에서 우리 회사의 'ATM 사업부'를 인수하여 독자적인 사업을 하겠다는 제안이 왔다. 마케팅 팀장인 내가 롯데그룹의 직원이 되는 것이다. 을지로에 가칭 '롯데앳뱅크'의 임시 사무실이 마련되었다. 회사가 정식으로 출범하기 전에 금융기관을 대상으로 사전 마케팅이 필요했기에 '롯데앳뱅크' 마케팅 팀장으로 영업을 시작했다. 그러나 한 달여가 지날 때쯤 롯데그룹의 내부 사정으로 인수 제안은 없던 일이 되었고 나는 원래의 자리로 돌아왔다. 더 큰 시장으로 도약을 기대하다 다소의 상실감은 있었지만 개의치 않았다.

누구나 지금보다 더 나은 미래를 꿈꾸지만, 누구나 노력하지는 않는다. 자신의 미래는 생각하기에 달렸지만, 생각만 해서는 안 된다. 생각한 바를 실행에 옮겨야 한다. 어음할인을 기획하여 실행에 옮기고, 물려받은 팀장의 자리를 공고히 하며 성장했다. 그러는 와중에 새로운 기회도 찾아왔었다. 자신의 미래를 만들어 나가는 노력은 자신의 몫이 맞다. 그러나 결과는 자신의 몫이 아니다. 노력에도 행운이 따라야 하기 때문이다. 당신의 부단한 노력과 그에 걸맞은 행운을 빈다.

4장

쉽게 포기하지 말고
미리 포기하지 마라

변한다는 것은
삶의 습관을
바꾸는 것이다.

46. 변한다는 것은
   삶의 습관을 바꾸는 것이다

어떤 것에 대하여 깊이 생각하는 일은 매우 중요하다. 지식은 사색을 거쳐야 지혜로 발전하기 때문이다. 그런데 생각만 해서는 아무 소용이 없다. 계속해서 생각만 한다는 것은, 결정하지 못하고 망설이는 것이다. 그렇게 망설임만 계속하다가는 정말로 님은 먼 곳으로 가버리고, 당신이 처음에 각오한 일은 물밀듯이 사라진다. 완벽하게 시작하지 마라. 그렇게 해서는 시작도 하지 못한다.

변하고자 마음먹었을 때 즉시 시작하라. 그렇게 시작한 작은 변화는 우리의 삶을 변화시키지 못할 수도 있다. 그렇지만 작은 변화가 쌓이고 계속해서 쌓이면 그때는 변하게 될 것이다. 산꼭대기에서 굴린 작은 눈 뭉치가 어느 순간부터는 확연히 큰 눈 뭉치로 변하는 것과 같은 원리다.

보도 섀퍼는 『이기는 습관』에서 "사람은 변화를 두려워한다. 자신의 결정을 신뢰하지 못해서 결정을 내리는 것을 힘들어하기 때문이다."라고 말했다.

불교에서는 삶의 습관을 바꾸는 것을 '수행'이라고 한다. 습관을 바꾸기가 그만큼 어렵다는 말이다. 습관을 바꾸는 것이 누구나 할 수 있는 쉬운 일이라면 수많은 동기부여 서적이 베스트셀러가 될 리가 없다. 따라서 당신이 습관을 바꾸겠다고 결정했다면, '그 어려운 걸 내가 또 해낸다.'라는 각오가 중요하다.

나쁜 습관을 들이는 것은 통제력이 필요 없다. 그냥 내버려두면 되기 때문이다. 하지만 좋은 습관을 들이려면 자기통제가 반드시 선행되어야 한다. 오래된 습관은 나를 떠날 마음이 전혀 없기 때문이다.

컵에 담긴 더러운 물을 빼내려면 깨끗한 물을 부어주면 된다. 계속해서 붓다 보면 더러운 물은 어느새 다 빠져나온다. 그러기 위해서는 깨끗한 물이 충분히 준비되어야 한다. 사람도 마찬가지다. 나쁜 습관을 떠나보내려면 계속해서 좋은 습관을 들여야 한다. 그렇게 하지 않으면 나쁜 습관과 이별할 수가 없다. 그러기 위해서는 변하겠다는 결심이 충분해야 한다.

우리는 엄마가 일찍 좀 일어나라고 아무리 잔소리해도 듣지 않았다. 스스로 결심하지 않았고 각오하지 않은 일이기 때문이다. 그러니 변화는 기본적으로 내 안에서 시작되어야 한다.

변해야만 새로운 것을 시도해 볼 수 있고 삶의 영역을 넓혀갈 수 있지만, 먼저 당신 스스로 각오하고 결심해야 한다. 그렇지 않고서는 금방 제자리로 돌아가기 때문이다. 변하는 과정은 힘들다. 익숙하지 않아서 힘들다. 그러나 변하고 나면 사정이 달라진다. 그러니 결과를 만들어 낼 때까지의 과정을 잘 버텨내는 당신이 되길 바란다.

생각이 바뀌면

행동이 바뀐다、

47. 생각이 바뀌면 행동이 바뀐다

위산 역류가 심해지며 스케일링을 받는 것도 어려워졌다. 평소에도 일반 침대에는 잘 눕지 못하고 머리 쪽 높이를 조절할 수 있는 모션베드 침대에만 누울 수 있기 때문이다. 스케일링을 받으려면 누워야 하는데 수평으로 눕는 것도 아니고 머리 쪽이 아래로 향하게 누워야 해서 스케일링은 포기하고 지냈다. 치과에서 일고의 여지도 없이 높이 조절이 안 된다고 하니 야속하기는 했지만, 어쩔 도리가 없었다.

그렇게 스케일링을 잊고 지내다가 다른 생각이 들었다. 치과가 거기만 있는 것도 아니고 높이 조절이 가능한 치과를 알아보면 되는 것이었다. 역시 안 되는 것은 없었다. 마땅한 수고를 하지 않기에 안 되는 것뿐이다. 다른 생각을 하지 않기에 다른 방법을 생각할 수 없는 것뿐이다. 스케일링을 받는 게 이렇게 기쁜 일이 될 줄은 생각해 본 적도 없었다. 치과에서 스케일링을 받는 것보다 고객의 불편을 이해하고 도움을 주려는 생각이 고마웠다. 다른 치과는 귀찮다는 듯 확고하게 안 된다는 말뿐이었는데 스케일링을 받는 내내 친절함을 느낄 수 있어서 평소에 쓰지 않는 리뷰로 감사함을 전했다.

"평소 위산 역류가 심해서 누워서 받는 스케일링이 어렵다고 말씀드렸더니 각도를 조금 높여주셨어요. 그래도 불안한 마음에 망설이자 많이 걱정해 주셔서 저도 용기를 낼 수 있었습니다. 스케일링 중에도 중간중간 계속 괜찮으시냐고 물어봐 주시고 정말 친절하게 해주셔서, 불안한 마음 없이 스케일링을 마칠 수 있었습니다. 평소에 잘 눕지 못해서 걱정했었는데 역시 정신이 육체를 지배 하나 봐요. 스케일링도 받고 깨달음도 얻어갑니다. 감사합니다."

생각이 바뀌려면 발상의 전환이 필요하다. 늘 같은 생각만 해서는 늘 같은 행동을 하기 마련이다. 오늘도 어제와 같이 생각하고 계속해서 같은 방식으로 생각한다면 당신이 얻는 결과도 달라질 수 없다.

일본 최대의 사과 생산지인 아오모리현의 '합격 사과' 이야기가 있다. 태풍으로 수확을 앞둔 사과의 90%가 땅에 떨어졌을 때, 한 청년의 아이디어로 매달려 있는 10%의 사과를 시험에 절대 떨어지지 않는 '합격 사과'로 만들어 판 이야기다. 일반 사과의 열 배에 달하는 가격으로 판매된 '합격 사과'는 엄청난 인기를 끌었고, 마을 사람들은 태풍으로 인한 손실을 거뜬히 만회할 수 있었다. 모든 사람이 한탄만 하고 있을 때 한 청년의 다른 생각이 다른 결과를 가져온 것이다.

뭐든지 다 할 수는 없다. 분명히 안 되는 일도 존재한다. 아무리 할 수 있다고 마음먹어도 안 되는 일은 있기 마련이다. 다만 처음부터 안된다고 포기하는 당신이 문제이다. 나는 그럴 능력이 없는 사람이라며 행동하지 않는 그 태도가 문제이다. '행동의 원천은 생각이므로 생각을 바꿔야 행동이 바뀐다.'라는 말을 명심하자.

세상에
실패란 없다
포기할때가
실패이다、

隨處
作主

48. 세상에 실패란 없다, 포기할 때가 실패이다

2012년 12월 31일, 한 해를 마무리하며 설악산 등산에 나섰다. 한계령휴게소에서 대청봉에 올라 남설악 탐방지원센터로 하산하는 일정으로 13km 코스이다. 오전 8시에 한계령휴게소에서 등산을 시작했는데 함박눈이 내리고 있었다. 눈이 이제 막 내리기 시작해서인지 입산 통제는 하지 않았다. 나는 단독 산행이었지만 주위에 삼삼오오 등산객이 십여 명쯤 있었다. 눈이 너무 많이 와서 올라가기 힘들겠다는 생각이 들었지만, 주위에 다른 사람들도 있고 입산 통제도 없었기에 계속해서 앞으로 나아갔다. 그렇게 선두권에서 치고 나가다 문득 뒤를 돌아보니 아무도 없었다. 함박눈이 계속 내려서 위험할 수도 있다는 생각에 되돌아갈까도 생각했지만 이미 올라온 거리가 있어서 그냥 올라가기로 했다.

중청대피소는 아직 까마득한데 올라갈수록 함박눈은 점점 더 많이 내리고 눈보라까지 심해서 등산로는 어느새 사라져 버렸다. 어디가 등산로이고 어디가 낭떠러지인지 구분할 수가 없었다. 잠시 생각하다 나무가 있는 곳이 평지라고 생각하고 나무를 이정표 삼아 앞으로 나아갔다. 함박눈은 이미 무릎까지 쌓여서 평지에서 한 발씩 나아가는 것도 힘겨웠는데, 오르막

길을 만나면 미끄러지기를 반복해서 힘겨움은 점차 두려움으로 바뀌고 있었다. 그야말로 악전고투의 산행이었다.

그때 반대쪽에서 내려오는 등산객을 볼 수 있었다. 사람도 반가웠지만, 등산객의 발자국이 남아 있어서 정말로 고맙고 반가웠다. 그 발자국만 따라가면 된다고 생각하니 정말로 안도의 한숨이 쉬어졌다. 하지만 안도의 한숨은 1분도 지나지 않아 탄식으로 바뀌고 말았다. 세찬 눈보라가 발자국을 지워버린 것이다.

갈 길은 아직도 멀었기에 실망할 겨를도 없이 좀 전과 같이 나무가 있는 곳을 보고 무릎으로 눈을 치고 나갔다. '시간이 얼마나 지났을까?' 다행히 눈은 그치고 있었고 저 멀리에 드디어 중청대피소가 보였다. '이제 살았구나.'라는 마음이 들었다. 중청대피소에 도착해서 혼자 울컥했지만 '그래도 여기까지 왔는데 정상은 올라가야지.'라는 생각에 대청봉으로 향했다.

그날 정상에서 찍은 사진을 볼 때마다 아찔하기도 했지만, 참 대단했다는 생각이 든다. 어려운 상황을 마주하면 포기할지 계속할지는 자신의 선택이지만 그날의 내 경우는 달랐다. 선택의 여지도 없이 계속 나아갈 수밖에 없었다. 포기하면 더 큰 위험을 초래하기 때문이다. 따라서 다른 모든 일도 마찬가지가 아닐까? 절벽 앞에 나를 세우듯 더는 물러설 곳이 없다는 마음이면 해낼 수밖에 없지 않을까? 포기하면 죽음이라는 각오로 맞선다면 적어도 쉽게 포기하지 않을 것이고, 미리 포기하지도 않을 것이다. 세상에 성공하는 사람보다 실패하는 사람이 더 많은 이유는 쉽게 포기하고 미리 포기하기 때문이다.

쉽게 포기하는 습관은
학습에 의해 습득된다
당신의 포기도
습관화 되었는가?
그렇다면
당신의 인내력도
습관화 할수 있다.

49. 당신의 포기도 습관화되었는가?

2022년 4월 18일, 마스크를 제외한 코로나19의 모든 거리 두기 조치가 해제되었고, 2022년 6월 16일 전작 『당신 참 애썼다』도 출간되어 그동안 수고한 나에게 보상이라도 하듯 매주 토요일은 쉬는 날로 정했다. 여느 자영업자가 그렇듯 카페를 창업하고 여태껏 쉬는 날 없이 일해왔다. 물론 일보다는 공부하고 책 읽는 시간이 더 많았지만 어쨌든 카페는 매일 출근했다. 그러다가 7년 만에 얻은 휴일이니 무엇을 할까, 생각하다가 곧바로 떠오른 것은 등산이었다.

카페 창업 전 회사에 다닐 때는 1년에 90여 차례 등산할 정도로 전문 산악인이었다. 설악산의 대청봉과 지리산의 천왕봉을 이틀 연속 다른 코스로 오를 만큼 체력도 문제가 될 것이 없었다. 그러나 이제는 사정이 다르다. 2020년 3월부터 부쩍 심해진 위산 역류로 인해 힘든 일은 아예 할 수가 없었다. 일하든 운동하든 힘을 쓰면 곧바로 위산 역류의 고통이 따라왔다. 예전에 등산 다닐 때를 생각하니 등산은 하고 싶었는데 쉽사리 엄두가 나질 않았다. 그렇다고 하고 싶은 일을 포기하고 싶지도 않았다. 어떻게든 할 수 있을 것 같았다. 해보지도 않고 포기하기는 싫었다. 일단 해보고 힘들면 그만두자고 마음먹었다.

계양산은 395m에 불과하지만, 계단도 많고 가파른 코스도 많아서 결코 만만한 산이 아니다. 그런데도 100번 이상 등산해서 익숙했기에 나에게는 편안한 산이었다.

등산 초입부터 계속되는 오르막이다. 예상대로 5분도 못 가서 위산 역류가 시작되어 움직일 수가 없었다. 그 자리에 멈춰서 호흡을 고르며 '할 수 있을까?'를 생각했다. 다시 오르막을 오르며 위산 역류로 멈춰 서기를 반복하면서 '할 수 있을까?'라는 생각도 머릿속을 떠나지 않았다.

첫 번째 갈림길에 다다랐다. 너무나 힘겨워서 '여기서 내려갈까?'라는 생각이 들었지만 '그래도 조금만 더 가보자.'라는 생각으로 다시금 나아갔다. 두 번째 갈림길을 앞두고는 '아무래도 정상까지는 무리야. 여기까지만 하자.'라는 생각이 많아졌다. 하지만 '그래도 7년 만의 등산인데 어떻게 해서든지 세 번째 갈림길까지는 가보자.'라는 생각으로 더 나아갈 수 있었고, 마침내 세 번째 갈림길에 다다랐다.

여기가 마지막 갈림길이다. 여기서 내려가든지 정상으로 가든지 마지막 선택의 기로였지만, 생각할 겨를도 없이 발걸음은 이미 정상으로 향하고 있었다. 무의식중에도 기왕에 여기까지 온 거 고통스럽고 시간이 좀 더 걸리더라도 정상까지 가보자는 생각이 많았나 보다. 이제 조금만 더 가면 정상을 앞두고 500개가 넘는 계단 지옥 구간이 기다리고 있다. 마지막 고비가 될 것이다.

한창 등산할 때는 강철 체력이었기에 앞서가는 사람들을 모두 추월할 정도로 걸음이 빨랐지만, 지금은 위산 역류로 빨리 걸을 수 없기에 뒤에 있는 사람들 모두가 나를 추월해 간다. 이럴 때 뒤에 있는 사람들을 나를 쫓아오는 추격자로 생각하면 잡히지 않으려는 경각심이 들어서 걸음이 조금 빨라진다. 그러나 아무리 그렇게 생각해 본들 추월당하는 것은 똑같았다. (웃음)

이제 계단 지옥 구간에 들어섰다. 힘든 걸 잊으려고 아무 생각 없이 발밑에 계단 수만 헤아리면서 쉬다 가기를 얼마나 반복했는지, 350개 이후로는 정말로 아무 생각 없이 그냥 걷고만 있었다. 계단 끝까지 올라와 보니 대략 558개쯤 되는 것 같았다. 이렇게 558개의 계단과 정상 바로 밑 오르막에 새로 생긴 계단 200여 개를 올라서 드디어 정상에 도착했다. 여태껏 계양산 정상에 오르는 것이 힘겨운 적이 없었는데, 참으로 격세지감을 느꼈다. 그래도 한편으로는 위산 역류를 이겨내고 정상에 올랐다는 사실에 뿌듯했다. 금방 포기할 수도 있었는데, 조금만 더 가보자는 생각으로 버텨낸 게 대견했다. 이제 막 정상에 도착한 아주머니들은 "아이고 나 죽는다."라는 말을 연신 쏟아내고 있었다.

포기가 습관화된 사람이라면 인내할 수 없을 것이고, 인내가 습관화된 사람이라면 포기할 수 없을 것이다. 습관이란 어떤 행위를 오랫동안 되풀이하는 과정에서 저절로 익혀진 행동 방식이기 때문이다. 따라서 포기가 습관화된 사람이 인내를 습관화하려면 오랫동안 인내하는 과정을 거쳐야 한다. 흰 종이를 빨간색에 담그면 금방 빨갛게 변하지만, 빨갛게 변한 종이를 파란색에 담그면 금방 파랗게 변하지 않는 것과 같은 이치다. 무엇이든 짧은 시간에 이루려고 하지 마라. 그러면 또다시 포기가 습관화될 것이다.

아는 것은
힘이 아니다
아는 것을
실천해야
힘이다.

50. 아는 것은 힘이 아니다,
아는 것을 실천해야 힘이다

영국의 철학자 프랜시스 베이컨은 "아는 것이 힘이다."라고 말했다. 그러나 이 말이 힘을 받기 위해서는 "아는 것을 실천해야 힘이다."라고 고쳐 써야 한다. 아는 것만으로는 부족하기 때문이다. 아는 것이 없으면 실천할 수도 없기에 분명히 아는 것은 힘이지만, 실천하지 않으면 아는 것도 아무런 힘이 되지 못한다는 말이다.

살찌지 않으려면 과식하지 않아야 한다는 걸 알지만 실천하지 않는다. 건강하게 살려면 운동해야 한다는 걸 알지만 실천하지 않는다. 시험을 잘 보려면 공부해야 한다는 걸 알지만 실천하지 않는다. 아는 게 중요한가? 실천하는 게 중요한가?

데이브 신도 『1%의 차이가 부자를 만든다』에서 "세상을 움직일 수 있는 아이디어가 있다고 해도 실제로 하지 않으면 바뀌는 것은 아무것도 없다."라며 실천을 강조한다.

전작 『당신 참 애썼다』를 출간하면서 책을 출간하려면 40꼭지의 글이 필요하다는 걸 알았고, 1꼭지당 글자 크기 10포인트로 A4용지 3장 분량의 글이 필요하다는 걸 알았다. 이론만 나열하기보다는 저자의 주장이나 생각을 뒷받침하는 사례와 예시를 함께 써야 좋은 글이 된다는 것도 경험했다. 가장 중요한 것은 어려운 말을 써서 품위 있게 보이는 글이 좋은 글이 아니라, 누구나 이해하기 쉽게 풀어써서 술술 잘 읽히는 글이 좋은 글인 것도 깨달았다.

여기까지 알고 나니 여러모로 힘이 되었다. 아는 것은 힘이기 때문이다. 꼭지의 제목을 정하고 내 주장을 뒷받침하는 사례와 예시를 찾느라고 꼬박 한 달이 걸렸다. 읽었던 책을 요약해 두는 습관이 없었다면 얼마나 더 걸렸을지 모르겠다. 이렇게 조사한 자료를 어느 꼭지에 끼워 놓을지를 생각하는데도 제법 시간이 걸렸다.

이제 아는 것은 끝났다. 책을 어떻게 써야 하는지도 알았고, 사례와 예시까지 준비되어 있으니, 글을 쓰는 일만 남았다. 곧바로 첫 꼭지를 쓰는데 글이 안 써진다. 썼다가 지우기만 반복하고 있다. 어렵게 다섯 줄을 썼는데 다시 지워버렸다. 그렇게 5시간이 지나도록 글은 A4용지 반 장을 채울 뿐이었다. 이래서 아는 것을 실천하기가 어려운 것이다. 아는 것은 아는 것이고, 아는 것을 실천하는 것은 전혀 다른 영역이다. 이때 필요한 건 버티는 힘이다. 계속해서 실천하려고 버텨야 한다. 글이 안 써진다고 포기하지 말고 어떻게든 써야 한다. 글을 수정하는 작업도 초고가 있어야 가능하기 때문이다.

나는 그렇게 5개월을 글쓰기에 집중한 끝에 『당신 참 애썼다』라는 결과물을 얻으며 아는 것을 온전히 실천할 수 있었다. 그러니 자신이 아는 것을 자랑하지 말고, 아는 것을 실천하는 자신을 자랑으로 여겨라.

아무것도
하지 않으면
아무것도
변하지 않는다.

51. 아무것도 하지 않으면
아무것도 변하지 않는다

스콧 애덤스는 『더 시스템』에서 "내 주위에는 멋지게 살기를 바라는 사람이 많지만 대부분 소망에 그치고 극소수만이 자신의 소망을 이루기로 결정한다."라며 당신은 마음속에 소망을 간직하는 데서 그치지 말고 자신의 소망을 이루기 위한 행동을 취하라고 지적한다.

아무것도 하지 않는 사람은 없다. 늘 하던 일 외에 새로운 것을 시도하지 않는 사람만이 있을 뿐이다. 새로운 것을 시도하지 않기 때문에 아무것도 변하지 않는다. 그러니 아무것도 하지 않는다는 것은 일상에 변화가 없는 삶을 말한다. 가까운 공원에서 산책만 하더라도 삶은 변할 수 있다. 공원에 가면 산책하는 사람들이 의외로 많아서 경각심을 주기 때문이다. 이는 도서관에 가도 마찬가지고, 헬스장에 가도 마찬가지고, 등산해도 마찬가지로 느낄 수 있다. 그러니 무엇이든 시도하지 않으면 당신의 삶은 그대로일 수밖에 없다.

연잎 위에 개구리 3마리가 앉아 있다. 개구리들은 3초 뒤에 연못에 뛰어들기로 했다. 3초 뒤 연잎 위에는 몇 마리의 개구리가 남아 있을까? 정답은

3마리다. 뛰어들기로 한 결심을 번복했기 때문이다. 무슨 일이든 계획하고 결심한 대로 이루기 위해서는 거기에 걸맞은 행동이 뒤따라야 한다. 그렇지 않으면 아무것도 변하지 않기 때문이다.

결국은 아무것도 하지 않는 사람은 꼭 해야만 하는 절실함이 없어서가 아닐까? 다르게 말하면 변화가 없는 삶이 지루하고 따분하지만, 지금 이대로 살아도 괜찮다는 생각으로 그런대로 살아가는 것이다. 변화할 필요성을 느끼지 못하니 말이다.

그렇다면 절실함이란 무엇인가? 절실함의 사전적 의미는 '느낌이나 생각이 뼈저리게 강렬한 상태, 매우 시급하고도 긴요한 상태'를 말하는데, 즉 '이거 아니면 안 된다.'라는 마음이다. 따라서 당신이 지금 절실하지 않다면 지금 상황이 그런대로 괜찮거나, 지금 상황이 괜찮지 않은데 잘못 판단하는 것이다.

같은 처지에서도 사람에 따라서 절실한 정도가 다른 이유는 목표한 바가 다르기 때문이고, 목표한 것을 이루고자 하는 결심이 다르기 때문이다. 결심이 약하면 내가 하고자 하는 일에 회의가 들고 마음이 흔들리게 되어 있다. 이러한 마음이 결국에는 절실함을 무디게 만들어서 여태까지 살아왔던 대로 살아가는 것이다. 당신이 변하고자 한다면 이루고자 하는 소망을 갖고 그다음에는 확실하게 결심하고 그다음에는 즉시 행동으로 옮겨라. 그렇지 않으면 지금처럼 그럭저럭 살게 될 것이다.

어려움을
극복하는 과정에서
능력이
커지는 것이다

52. 어려움을 극복하는 과정에서
   능력이 커지는 것이다

'군군신신부부자자(君君臣臣父父子子).' 공자의 『논어』 안연편에 나오는 말이다. 제나라 경공이 공자에게 정치에 관하여 묻자, 공자가 대답하기를 "임금은 임금답고 신하는 신하답고 아버지는 아버지답고 아들은 아들다운 것입니다."라고 했다.

이처럼 손님도 손님다우면 얼마나 좋을까? 사실 대부분 손님은 손님답고, 어떤 손님은 손님인데도 불구하고 손님을 응대하는 나보다 더 밝고 더 친절하다. 카페를 운영한 8년 동안 이렇게 좋은 손님도 많았지만, '진상'이라 불리는 손님들로 인해 어려움도 많았다.

오후 3시쯤 만취한 손님 7명이 매장에 왔다. 의사소통도 힘들고 반말로 주문하기에 마음이 불편했다. 겨우 주문을 받고 음료도 가져다주었다. 여기까지는 그러려니 했는데, 대화하는 목소리가 너무 커서 다른 손님들이 불편해한다. 목소리를 낮춰달라고 요청해도 도무지 통제되지 않는다. 이 손님들은 그렇게 1시간을 머물다 갔다.

그런데 다음 날 같은 시간에 같은 일행이 또 만취한 상태로 왔다. 역시나 주문할 때부터 어제와 마찬가지다. 여전히 목소리가 크고 조금 있으려니 자기들끼리 싸운다. 그나마 싸움이 발단돼서 어제보다는 빨리 갔다.

3일째 같은 시간에 같은 상태로 또 왔다고 하면 안 믿어지겠지만, 거짓말처럼 또 왔다. 본사에서는 주문을 거절하면 안 된다고 했지만, 주문을 거절해야겠다는 생각에 곧바로 뛰어나가서 매장에 들어오는 것부터 저지하며 말했다. "이틀 동안 저희가 너무 힘들었습니다. 매장에 계신 다른 손님들도 불편해서 손님들 주문을 받을 수가 없습니다."라고 단호하게 말했다. 워낙 단호한 말에 여지가 없음을 알았는지 순순히 물러간다. 이 일행은 그 뒤로 우리 매장에 오지 않았다.

술에 취해서 오는 손님과 관련해서 가끔 혼자 오는 손님이 있다. 항상 들어오면서 거센 강원도 사투리로 "커피 한 잔 주드래요."라고 말한다. 처음에는 술에 취한 줄도 몰랐는데, 나중에 알고 보니 술에 취한 손님이었다. 오늘은 내가 근무하는 시간에 만취해서 방문했다. 매장을 돌아다니며 큰 소리로 떠들고, 다른 손님에게도 시비를 걸었다. 주문이 밀려서 바쁜 와중에도 우선 저지할 수밖에 없었지만, 뭐라 알아들을 수 없는 말을 했다. 술 좀 깨고 오시라며 억지로 내보냈는데, 2시간쯤 후에 술이 좀 깬 상태로 다시 왔다. "아까처럼 만취해서 오시면 저희가 너무 힘드니 지금처럼 술이 좀 깬 다음에 오세요."라고 말하니 알겠다고 미안하다고 한다.

하지만 일주일쯤 지나서 매니저가 근무하는 시간에 또다시 만취해서 왔다. 이번에도 혼자 시끄럽게 떠들고 다니며 다른 손님들에게도 시비를 걸었다. 매니저가 감당할 수 없는 상태라 어찌할 도리가 없었고, 그렇게 매장에 머무는 내내 매니저와 다른 손님들을 힘들게 했다.

그 일이 있고 이틀 후에, 이번에는 내가 근무하는 시간에 술에 좀 덜 취한 상태에서 또 왔다. "죄송하지만 저희도 힘들고 저희 매장에도 피해를 주시니 이제부터는 손님 주문을 받을 수가 없습니다."라고 정중하지만 단호하게 말씀드리고 돌려보냈다. 그 뒤로 한동안 볼 수 없었는데 "커피 한 잔 주드래요."하는 소리가 들렸다. 반사적으로 뛰어나가서 "손님 주문은 받지 않겠습니다."라고 돌려보냈다.

그런데 우리 매장에서만 그러는 것이 아니고, 김밥집에서도 그러고, 편의점에서도 그러고 지나는 곳마다 그러고 있는 광경을 목격하고는 인생이 참 불쌍하다는 생각이 들었다.

술과 관련한 진상 손님은 이외에도 헤아릴 수 없이 많지만, 술과 관련되지 않은 진상 손님도 만만치가 않다. 빨대가 포장된 비닐을 잘게 잘게 잘라서 바닥에 흩뿌려 놓고 가는 손님도 있고, 테이블이 연습장인 듯 볼펜으로 낙서하고 가는 손님도 있다. 지우개로 무엇을 얼마나 지웠는지 테이블과 바닥을 지우개 가루투성이로 만들고 가는 손님도 있고, 테이블에서 무엇을 잘랐는지 테이블에 온통 칼자국을 내고 가는 손님도 있다.

화장실 관련해서도 진상 손님이 있다. 우리 매장 화장실은 가장 신경을 많이 쓰는 곳이기 때문에 항상 깨끗하다. 양변기에도 비데를 설치하고 정기적으로 관리를 받아서 청결함을 유지하고 있는데, 믿기지 않는 일이 종종 발생한다. 대변을 양변기가 아닌 바닥에 보기도 하고, 양변기 주위가 온통 대변으로 더럽혀져 있기도 하고, 양변기에 휴지를 있는 대로 집어넣어서 변기를 막히게 한다. 더 놀라운 건 양변기에 팬티와 양말이 버려져 있기도 했다. 어느 날은 화장실에 보관된 세정제와 휴지가 모두 없어지는 일도 있었다. 새것은 물론이고 사용하던 것까지 모두 없어졌다.

이렇게 매장을 운영하다 보면 여러 부류의 진상 손님으로 인해 마음에 상처를 입고, 상처가 아물기 전에 또 상처를 입고 그런다. 카페 운영 초기에는 진상 손님에 대한 경험도 없었고, 카페가 서비스 업종인지라 무조건 손님에게 친절해야 한다는 생각에 더 힘들지 않았나 하는 생각이 든다.

누구에게나 어려움이 닥치면 힘이 들지만, 어려움을 경험하고 극복하는 과정에서 대처하는 능력이 커진다는 것을 알면 우리에게 닥친 어려움을 꼭 나쁘다고만 볼 수는 없다.

열심히 했다는
말보다는
결과를 남기는
행동으로 증명하라.

53. 열심히 했다는 말보다는
결과를 남기는 행동으로 증명하라

이노우에 히로유키는 『습관 디자인 45』에서 열심히 하겠다는 말에 대한 참뜻을 전한다. "진심으로 열심히 하리라 생각한다면 무엇을 어떻게 열심히 할지 구체적인 메시지를 전달하도록 하자."

평소에 열심히 하는 사람은 굳이 열심히 하겠다고 말할 필요가 없다. 말하지 않아도 열심히 하는 줄 알기 때문이다. 다르게 말하면 "열심히 하겠습니다."라고 말하는 사람은 평소에는 그렇지 않지만, 이번에는 열심히 하겠다는 말로 들린다. 그런데 평소에 보여준 게 있어서, 그렇게 말해봐야 실천 의지도 없는 영혼 없는 말로 들릴 뿐이다. 일은 말로 하는 게 아니라 행동으로 보여주는 것이다. 열심히 하겠다는 말은 자신을 믿어달라는 말인데 상사는 그 사람의 말을 믿는 것이 아니라, 그 사람이 행동한 결과물을 믿는다. 그러니 여태껏 "열심히 하겠습니다."라는 말을 남발했다면 당신은 말이 앞서는 사람으로 인식될 뿐이다.

대표적인 경우가 프로 스포츠 감독이다. 문화체육관광부의 '2018~2020년 프로 스포츠 감독 교체 현황'을 보면 야구, 축구, 농구, 배구에서 50명의 감독이 교체되었는데, 이 중 76%인 38명이 성적 부진의 이유에서였다.

팀 성적은 선수 구성원에 의해서도 영향을 받기에 성적 부진이 꼭 감독의 책임이라고 볼 수는 없지만, 어쨌든 결과는 받아들여야 한다. 리더는 모든 것을 결과로 말하는 사람이기 때문이다.

늘 열심히 하겠다는 말을 달고 사는 사람이 있다. 상사는 그 사람의 말을 믿지 않는다. 늘 열심히 한다고 말하지만, 보여준 게 없기 때문이다. 어떤 일에 온 정성을 다하면 결과는 뒤따르기 마련이다. 온 정성을 다한다는 것은 늘 하던 방식에 의존하지 않고 다른 방식을 연구하며 다르게 시도한다는 말이다. 늘 하던 대로만 하면 늘 같은 결과만 있을 뿐이다. 열심히 하겠다는 말을 달고 살지 마라. 그저 습관적으로 하는 말은 무의식중에 당신의 의욕만 깎아 먹을 뿐이고, 상사도 그런 당신의 말을 믿지 않는다. 그러니 이제부터는 말로 어필하지 말고 구체적인 행동으로 어필하라.

"우리 열심히 합시다. 파이팅!" 무엇을 열심히 하자는 것인가? 실행 계획이 없이는 원하는 결과를 남길 수가 없다. 무턱대고 열심히 하지 말고 구체적인 실행 계획을 만들어라. '어떻게'를 생략해서는 안 된다. '어떻게'가 있어야 진행 과정을 점검할 수 있고 또 다른 '어떻게'를 계획할 수도 있다. 그런데도 당신이 계속해서 '어떻게'를 생략한다면 그때는 당신이 '어떻게' 될지 장담할 수 없다.

오늘의 나는
어제까지의 내가
만들었고
내일의 나는
오늘까지의 내가
만든다.

54. 내일의 나는
오늘까지의 내가 만든다

　회사에 입사해서 3년 동안 회사와 집을 반복하며 일과 술 말고는 아무것도 하는 일이 없었다. 이렇게 자신을 방치했으니, 건강에 문제가 생기는 것은 당연한 일이었다. 급성 위염으로 일주일간 출근도 못 했다. 이후에도 출근 중에 위산 역류로 숨쉬기가 힘든 적이 종종 있었다. 귀찮기도 해서 웬만하면 병원에 안 가는 편인데 고통이 심해져 종합검진을 받았다. 혈압이 높고, 비만, 지방간, 표재성 위염이 있다는 진단을 받았다. 잦은 음주로 인한 불규칙한 일상과 그동안 운동과는 담을 쌓고 지낸 일상이 지금의 나를 만들었다.

　업무와 관계된 술자리는 지속해야 했기에 술을 마시기 위해서라도 운동을 해야 했다. 술자리가 아니어도 일하는 데 지장은 없었지만, 사람 만나는 것을 좋아했고 술도 좋아했기에 술자리 중단보다 운동을 선택했다. 은행원 시절부터 등산했던 경험이 많아서 집 근처의 낮은 산부터 시작해서 수도권의 산들을 섭렵했고, 이후에는 전국의 국립공원을 탐방했다. 등산 횟수가 많을 때는 1년간 90여 차례에 달하기도 했다. 주말과 공휴일이면 빠짐없이 등산했다. 등산 횟수가 늘어날수록 하체는 돌덩이처럼 단단해졌다. 종아리에 힘을 주면 하트모양도 만들어졌다. '사람들이 이래서 운동을 하는구나.' 라는 생각이 들었다.

하지만 위산 역류는 등산 중에도 계속되었다. 산행을 시작하면 어김없이 위산 역류가 시작되어 처음 1시간은 힘든 시간이 지속되었다. 그렇지만 참 아내면 가라앉았고 등산을 마치면 속이 편안했다. 산행 시간이 많이 소요 될수록 몸은 힘들어도 속은 정말 편안했다. 등산은 운동 효과 외에도 집중 해서 생각할 수 있는 시간이 되어서 정말 좋았다. 해결해야 할 문제가 있거 나, 어떤 일을 추진할 때 아이디어가 필요하면 이를 화두로 삼고 등산했다. 이렇게 하면 생각이 집중되어 산에 오르는 것도 덜 힘들고, 생각은 생각대 로 정리가 되었다. 이처럼 등산은 나에게 건강을 되찾아줬고, 일하는 데 보 탬이 되는 아이디어도 만들어줬다. 지금은 또 다른 여건으로 등산을 중단 한 상태지만, 지금의 체력도 이 시기에 6년간 지속되었던 등산에서 나왔다.

개리 비숍은 『내 인생 구하기』에서 "당신이 정말로 커리어를 발전시키고 싶다면, 왜 변화를 만들어 내지 못하고 평범한 일상을 보내며 빈둥거리고 있을까?"라고 스스로에게 물어보라고 말한다.

현재의 나는 과거에 내가 했던 행동의 결과물이고, 내일의 나는 오늘까 지 내가 했던 행동으로 만들어진다. 오늘의 내가 못마땅하다고 자신을 탓 하는 것에서 끝나지 마라. 그러면 미래에도 자신을 탓하는 것에서 끝날 것 이다. 내 탓이오! 내 탓이라고 반성했으면 내일은 달라져야 하지 않겠는 가? 당신의 변화는 당신의 각오와 지속적인 실천으로 만들어진다.

인생의 의미는
그저 건강하고
행복한 삶을 사는데
있는것이 아니라
내가 뜻할수 있는
삶을 사는데
있다.

55. 인생의 의미는
   내가 뿌듯할 수 있는 삶을 사는 데 있다

병실 유튜버로 유명한 클레어 와인랜드는 유전질환인 낭포성 섬유증을 갖고 태어났다. 평생 입원과 퇴원을 반복하며 투병하다가 안타깝게도 2018년 9월에 21살의 나이로 생을 마감했다. 그 과정에서 50종류가 넘은 약과 30번이 넘는 수술을 견디며, "삶은 힘들고 고통스러운 게 맞다. 하지만 아무리 인생이 고통스럽고 역겨운 감정에 시달리더라도 얼마든지 자랑스러운 인생을 살 수 있다."라며 자신이 처한 환경을 탓하지 말고 괴롭더라도 그 순간으로부터 무엇을 해낼지를 생각하라고 말했다.

그녀는 커진 영향력으로 자신이 할 수 있는 일을 찾아서 불치병환자를 도울 재단을 설립하였고 "인생의 의미는 그저 건강하고 행복한 삶을 사는 데 있는 것이 아니라, 내가 뿌듯할 수 있는 삶을 사는 데 있다."라는 메시지를 남겼다. 그리고 자신이 뿌듯할 수 있는 삶을 살다가 죽음을 맞이하며 많은 이들에게 감동을 주었다.

진정한 부자는 나와 내 가족만을 위해서 사는 사람이 아니고 세상에 공헌하며 나눔을 실천하는 사람이다. 인생의 의미도 클레어 와인랜드가 말하듯 내가 그저 건강하고 행복한 삶을 사는 데 있는 것이 아니라, 내가 뿌듯할 수 있는 삶을 사는 데 있다. 좋으면 좋은 대로 나쁘면 나쁜 대로 자신이 처한 상황에 맞추어 그 안에서 뿌듯할 수 있는 삶을 산다면 더욱 의미 있는 삶이 될 것이다.

나에게 그런 삶은 지금보다 겸손해지고 당당해지며 지혜로워져서 보다 성숙한 사람이 되는 것이다. 그렇게 사는 것이 내가 뿌듯할 수 있는 삶을 사는 데 이바지할 것이다. 겸손하다는 것은 나보다 아랫사람에게 비열하지 않고 윗사람 대하듯 평등하게 대하는 것이지, 자기를 낮추라는 말이 아니다. 당당하다는 것은 나보다 윗사람에게 비굴하지 않고 아랫사람 대하듯 평등하게 대하는 것이지, 자기를 높이라는 말이 아니다. 그런데 우리는 아랫사람에게 당당하기 쉽고, 윗사람에게는 겸손하기 쉽다. 자기를 높이거나 자기를 낮추지 마라. 이렇게 해서는 약자에게 강하고, 강자에게는 약한 기회주의자가 될 뿐이다.

클레어 와인랜드는 선천성 불치병을 갖고 태어나 건강하고 행복한 삶을 추구할 수 없었기에 자신이 처한 환경에서 의미 있는 삶을 추구했다. 하지만 우리는 건강하고 행복한 삶을 추구할 수도 있고, 뿌듯하고 의미 있는 삶을 추구할 수도 있다. 이렇게 두 가지를 양립시킬 수도 있고 어느 한쪽을 선택할 수도 있지만, 어떻게 살고자 하는 생각 없이 사는 대로 생각하지는 않았으면 좋겠다. 적어도 자신에게 미안하지 않을 만큼의 삶을 살아야 하지 않겠는가?

지겁고 힘든
노력의 과정을
잘 견뎌내야
하고 삶은 앞으로 향수 있다.

56. 노력의 과정을 잘 견뎌내야
하고 싶은 일을 할 수 있다

"우리가 실패하는 건 좌절감 때문이 아닙니다. 좌절감과 싸우는 동안 조급함을 느끼기 때문에 대부분 사람이 목표 달성에 실패합니다." 팀 페리스는 『타이탄의 도구들』에서 조급해하지 말고 묵묵히 해야 할 일을 수행해야 성공할 수 있다고 말한다.

우리가 견디지 못하고 실패하는 이유는 팀 페리스의 말처럼 참을 수 없는 조급함 때문이다. 병아리가 알에서 깨어나기 위해서는 어미 닭이 밖에서 쪼고 병아리가 안에서 쪼는 '줄탁동시'가 있어야 한다. 즉 생명이라는 가치는 내부적 역량과 외부적 환경이 적절히 조화되어야 창조된다는 말이다. 마찬가지로 우리도 성공하기 위해서는 인내심이라는 내부적 역량을 길러야 한다. 인내심은 조급함을 견디는 능력이다.

운동한다고 근육이 금방 만들어지는 것이 아니다. 글을 쓰기 시작했다고 금방 출간으로 이어지는 것도 아니다. 근육이 만들어지는 지겹고 힘든 시간을 견뎌야 하고, 글을 쓰고 다듬기 위한 지겹고 힘든 시간을 견뎌야 한다. 인내심은 반복되는 시간을 잘 견뎌야 길러지기 때문이다. 그러니 외부적인 환경이야 어쩔 수 없더라도, 내부적인 역량은 오직 당신의 몫인 것을 기억하라. 그래야 당신이 하고 싶은 일을 할 수 있다.

당신은 원하는 대로 살 수 있고, 그런 삶을 만들 자격이 충분히 있으니, 당신을 믿으라는 말을 수도 없이 들어왔을 것이다. 하지만 당신은 여전히 당신을 믿을 수 없는 게 사실이다. 여태껏 그런 삶을 경험하지 못했기 때문이다. 그렇다면 당신은 지금까지 살아온 방식을 확실하게 바꿔야 한다.

아무런 노력 없이 삶이 변하지는 않는다. 한 번의 노력으로 삶이 변하지도 않는다. 한 번의 노력이 또 한 번의 노력이 되고, 계속해서 또 한 번의 노력을 불러온다면 그때는 변할 수도 있을 것이다. 그 과정에서 어디까지 변할 것인지 목표를 분명히 해라. 목표가 분명해야 견디는 힘이 생기고, 그 목표를 반드시 달성하겠다는 절실함도 생긴다. 죽음을 앞둔 사람이 마지막 순간까지 보고 싶은 사람을 보고 죽으려는 기다림이 절실함이다. 당신은 언제 절실한 적이 있었나? 절실함이란 해도 그만, 안 해도 그만이라는 마음에서는 발현되지 않는다. 꼭 해야 하는 마음이라야 발현된다.

절실함은 당신의 삶을 분명히 바꾸어 놓을 것이다. 그러니 당신은 절실해져라. 절실해져야 한다. 당신이 절실하지 않아도 되는 상황이라면 이미 괜찮은 삶을 사는 것이니 축하한다. 그러나 당신이 절실해져야 함에도 상황 판단을 잘못하고 있는 거라면 당신의 삶은 몰락하고 있음을 알아차려야 한다. 정신 차려라! 당신의 삶을 성공으로 이끌 사람은 오직 당신밖에 없음을 잊지 마라. 성공은 당신이 참고 견딘 노력에 대한 보상이다.

최선을 다했다는 말을
함부로 쓰지마라
최선이란
자기의 노력이
스스로를 감동시킬수
있을때 비로소
쓸수있는 말이다

57. 최선을 다했다는 말을
함부로 쓰지 마라

딕 포스베리는 1968년 멕시코시티 올림픽 남자 높이뛰기에서 기존 방식과 완전히 다른 배면 뛰기를 처음으로 선보였다. 모두가 앞으로 뛰어넘을 때 그는 점프 후 몸을 비틀어 뒤로 넘는 동작으로 올림픽 신기록을 세우며 금메달을 땄다. 그도 처음에는 남들과 같이 앞으로 뛰어넘었다. 그러나 다른 사람에 못 미치자 다른 방법을 생각해 냈고, 코치의 만류에도 불구하고 당시에는 상상할 수 없었던 방법으로 뛰어넘어 최고의 자리에 오른 것이다.

나의 한계가 느껴질 때, 한계를 뛰어넘고자 하는 노력은 중요하다. 그러나 그 노력은 기존의 방법만을 고수하는 것이 아니다. 현재의 방법이 잘 안된다면, 계속해서 다른 방법을 연구해서 나의 한계에 도전하는 노력이 필요하다. 그것이 최선의 노력이다.

'진인사대천명'은 사람으로서 할 수 있는 일을 다 하고, 하늘의 뜻을 기다린다는 말이다. 사람으로서 할 수 있는 일을 다 한다는 '진인사'는, 주어진 여건에서 최선을 다한다는 말이지만 우리는 너무 쉽게 최선을 다했다고 한다. 당신이 말하는 최선은 어떤 것인가? 그것이 당신의 최선이라고 말할 수 있으려면 자기의 노력에 스스로 감동할 수 있을 정도는 되어야 한다. 딕 포스베리처럼 기존의 방법만을 고수하지 않고, 더 효율적으로 하는 방법은 없는지 부단하게 노력하고 연구해서 결과를 만들어 내야 한다. 늘 하던 대로 하면서 최선을 다했다는 말은 성립하지 않는다.

하늘의 뜻을 기다린다는 '대천명'은, 최선의 노력에도 불구하고 모든 결과는 하늘의 뜻이라는 말이다. 하늘도 다 뜻이 있어서 그런 결과를 보여주기 때문에, 지금 좋은 결과가 나중에도 좋은 것이고, 지금 나쁜 결과가 나중에도 나쁜 것인지는 시간이 좀 지나 봐야 알 수 있다는 말이다. 그럼에도 '진인사'하면 그 뜻이 이루어지기 마련이다. 하늘은 스스로 돕는 자를 돕기 때문이다. 최선을 다하는 사람과 그렇지 않은 사람이 있다면 하늘은 최선을 다하는 사람을 도울 것이다. 자기 힘으로 어떻게든 해보려고 노력하는 사람을 하늘도 외면할 수 없기 때문이다.

정리하면 '진인사'는 내가 노력할 수 있는 영역이고, '대천명'은 내 노력으로는 어찌할 수 없는 영역으로 하늘에서 주어진 결과대로 받아들이라는 말이다. 세상일은 최선을 다한다고 해도 내가 원하는 대로 다 이루어지지 않는다. 원하는 대로 이루어진다고 해서 다 좋은 일도 아니고, 원하는 대로 이루어지지 않는다고 해서 다 나쁜 일도 아니다. 따라서 '대천명'하는 일이 내 뜻대로 안 된다고 그것이 꼭 나쁘다고만 볼 수도 없다. 그러니 당신은 당신이 할 수 있는 일에만 최선을 다하며 살아라.

편한길만 가다보면
인생에서 능력이
키워질수가 없다.

58. 편한 길만 가다 보면
인생에서 능력이 키워질 수가 없다

"내 삶이 예상대로만 흘러갔다면, 나는 아마도 한 번의 좌절로도 쉽게 무너지는 나약한 사람이 되고 말았을 것이다. 거절한 사람들에게 감사하라." 웨인 다이어는 『우리는 모두 죽는다는 것을 기억하라』에서 거절당하면 당장은 어려울 수 있어도 성장하는 데에는 좋은 기회를 제공한다고 말한다.

거절당했다는 건 어떤 행위의 결과인데, 이렇게 한 번 거절당하면 위축된 마음 때문에 계속해서 시도하기가 어렵다. '나는 안돼.'라는 부정적인 생각이 올라오기 때문이다. 그래서 한 번 거절당하면 의기소침해져서 앞으로 나아가기가 어렵다. 그런데 처음 거절당하는 게 어렵지, 계속해서 거절당하면 거절당하는 일에도 익숙해져서 별것 아닌 일이 된다. 당신이 그렇게 마음 써가며 고뇌할 일이 아니라는 말이다. 거절하는 사람이 아무렇지 않게 거절하듯, 당신도 거절당하는 일을 아무렇지 않게 생각하면 된다. 세상은 당신의 일상에 관심이 없는데, 오직 당신만이 신경 쓸 뿐이다.

거래처 발굴을 위하여 영업을 나갔는데, 나가자마자 "어서 오세요."라며 반겨주는 거래처도 단 한 곳도 없다. 만약에 있다면 그 거래처는 당신에게 도움 될 가능성이 없는 거래처다. 오직 가격경쟁력을 요구하기 때문이다. 그런 거래처는 다른 영업사원에게도 "어서 오세요."라며 반겨주는 거래처가 될 뿐이다. 내가 쉽고 편하면 다른 사람도 쉽고 편하기 마련이다. 그러니 쉽고 편하지 않아야 좋은 거래처가 될 가능성이 큰 것이다. 거절을 두려워하지 마라. 거절이 쌓인 만큼 거래의 가능성도 커질 것이다.

켄터키 프라이드치킨의 창업주인 커넬 샌더스는 '예스'라는 답변을 얻어낼 때까지 2년 동안 무려 1009번의 거절을 감내하며 미국의 전역을 다녔다는 사실을 기억하자.

흔히들 고생 없이 살자는 의미에서 '꽃길만 걷자.'라고 말한다. 그런데 세상은 꽃길만 걸을 수도 없을뿐더러 꽃길만 걷겠다고 하는 생각이 오히려 인생의 가시밭길이 될 수 있다. 세상에서 가장 큰 위험은 대비하지 못한 위험이다. 아무 생각 없이 꽃길만 걷다가 예상하지 못한 가시밭길이 나오면 어쩔 것인가? 따라서 꽃길만 주어지길 바라지 말고, 꽃길이 주어지든 가시밭길이 주어지든 개의치 않겠다는 마음이 중요하다. 그런 마음이라야 위험이 닥쳐도 이겨내고 성장하는 삶을 살 수 있다.

세상은 내가 희망하는 대로만 될 수가 없다. 지금도 편하고 나중도 편하면 좋겠지만 세상은 지금 편하면 나중이 불편하고, 지금 불편하면 나중이 편하기 마련이다. 누구나 어려움을 바라지는 않겠지만, 어려움이 닥쳐도 마음이 단단하면 문제 될 게 없다. 어려움은 나를 성장시키는 계기가 되기에 두려울 게 없다는 말이다. 사람은 어려움을 견뎌냄으로써 성장하는 것이다. 기왕에 겪을 일인데 투덜대지 말고 '내가 성장할 기회가 왔구나.'라고 생각하자. 그런 생각이 당신을 능력을 키울 것이다.

해낼수 있을지
의심하지마라
해낼수 있다
어떻게 하면
해낼수 있을지에
생각을 집중하라
그러면 늘 해법을 찾을 것이다,

59. 어떻게 하면 해낼 수 있을지에
   생각을 집중하라

카페를 운영하던 때의 일이다. 카페 옆면과 맞닿아 있는 골목에는 담배 꽁초와 각종 일회용 컵, 인근의 편의점에서 사 온 음료수와 컵라면 등을 먹고 그대로 방치하고 가는 경우가 많아서 늘 지저분하다. 아침, 저녁으로 치워도 그때뿐이라서 항상 고민거리였다. 해결책으로 CCTV를 설치하고 '쓰레기 무단투기 금지' 스티커를 크게 제작해서 붙여 놓았다. 처음에는 CCTV를 설치한 효과로 골목길이 깨끗해졌지만, 효과는 얼마 가지 못했다. 한두 사람이 버리기 시작하자 이내 예전으로 돌아갔다. 쓰레기 중 우리 카페 것으로 보이는 일회용 컵은 거의 없었다. 우리 카페에서 판매한 것이라면 당연히 치워야 할 테고, 그러면 속상할 일도 없겠다.

골목길이 카페 옆면에 맞닿아 있어 지저분한 상태로 방치할 수 없어서 치워야 했는데, 치우는 효과가 없으니 잠시 잠깐만 깨끗할 뿐이었다.

이처럼 버리고 치우고를 반복하기보다는 근본적인 해결책을 강구하고 싶은 생각에, 구청에 쓰레기 무단투기 단속을 요청했다. 구청에서는 민원을 접수한 지 3일 만에 해당 장소에 무단으로 버려진 쓰레기를 수거했지만, 근본적인 대책을 마련해 주지는 못했다. 그리고 여기를 청소한 분도 힘들었나 보다. 벽면에 다음과 같은 손 글씨를 남겨 놓았다. '경고 담배 금지, 쓰레기 금지, 페트병 금지, 쓰레기 장소 아님. 신고하면 벌금 대상. 느그집 가서 버려.' 삐뚤빼뚤 쓰인 손 글씨가 위협적이었나 보다. 한동안 골목길은 깨끗한 상태로 유지되었다. 돈가스도 기계로 찍어 낸 것보다 수제 돈가스가 맛있는 것처럼, '쓰레기 무단투기 금지'를 경고하는 글씨도 역시 수제의 위력이 대단했다. (웃음)

하지만 이 역시도 얼마나 지났을까? 쓰레기 무단투기는 강물을 거슬러 오르는 연어들처럼, 그렇게 회귀 본능을 가지고 있었나 보다. 다시 원래의 상태로 돌아가고 말았다. 돈을 들여서 CCTV를 설치하고, 스티커를 제작해서 붙이고, 구청에 무단투기 단속을 요청하고, 청소하시는 분을 힘들게 하고, 이렇게 해서 얻는 결과는 결국 아무것도 없었다.

한동안 골목길을 서성이며 방법을 생각했다. 어쩔 수 없다고 포기하기는 싫었다. 그러자, 사람이 걸터앉을 수 있는 곳이 눈에 들어왔다. 매일 보는 곳이지만 별생각 없이 보았기에 그냥 지나쳤는데, 특별한 생각으로 보니 여기를 경사지게 만들어 앉을 수 없도록 하면 되겠다는 방법이 생각났다. 그렇게 하면 앉아서 먹을 수가 없으니 여기를 찾지 않을 것이고, 평평한 곳을 경사지게 하면 쓰레기를 놓고 갈 수도 없을 테니 이렇게 하면 되겠다는 생각에 '유레카'를 외쳤다.

우선 급한 대로 매장에서 비닐과 테이프를 가져와서 10여 분 만에 뚝딱 경사지게 했다. 비닐을 이용해 작업했음에도 작업 결과물이 그런대로 괜찮았다. 일주일이 지나도록 비닐은 온전한 상태로 유지되었고, 덕분에 담배꽁

초 외에 일반 쓰레기는 거의 볼 수 없었다. 이렇게 하면 되겠다는 확신이 들어서 임시로 설치했던 비닐은 걷어내고, 철 구조물을 경사지게 설치했다. 철 구조물 위에 쓰레기를 버리지 말아 달라고 부탁하는 안내문을 붙였다.

 카페를 운영하며 골목의 쓰레기로 늘 고민이었는데, 깔끔하게 해결되었다. 골목길에 쌓인 쓰레기를 보며 오늘은 어떻게 해서든지 해결 방법을 찾고 말겠다는 확고한 생각이 결실을 본 것이다. 역시나 다르게 보아야 다르게 생각할 수 있다는 말의 진리도 확인했다. 결국은 '해낼 수 있다.'라는 확신이 해낼 수 있게 한 것이다. 그러니 무슨 일이든 오늘은 꼭 해내겠다는 각오를 단단히 하자. 그러면 해낼 수 있을 것이다. '끝장 토론'만 있는 것이 아니다. '끝장 생각'도 있다.

현재에 충실하지
못한 사람은
미래에도
충실한 사람이
될수없다.

60. 현재에 충실하지 못하면
　　미래에도 충실한 사람이 될 수 없다

에크하르트 톨레는 『이 순간의 나』에서 "당신이 과거와 미래에 집착할수록 가장 소중한 시간인 지금, 이 순간을 놓치게 됩니다."라고 말했다.

가능성만 간직한 채 도전하지 않는 삶은 편안한 삶이다. 지금 도전하지 않고 언젠가 도전하겠다는 말은 그런 날이 오지 않음을 내포하고 있다. '내가 마음만 먹으면'이라며 가능성만 간직해서는 아무 일도 일어나지 않는다. 아무것도 하지 않는데 어떤 일이 일어나겠는가? 언제까지 '마음만 먹으면'이라는 말로 핑계 대며 이대로 살 것인가? 당신이 '마음만 먹으면' 당신이 마음먹은 대로 이루어지는 것인가? 당신이 마음을 먹을 미래는 장담할수 없는 시간이다. 인생은 유한하기 때문이다. 그러니 지금부터 마음먹고 준비를 해나가야 한다.

언젠가 작가가 되겠다면 그런 일은 일어나지 않는다. 지금 당장 시작해야 무엇을 준비하고 어떻게 해야 하는지를 알아간다. 당신이 무엇을 하겠다고 결심하기도 쉽지는 않겠지만, 그렇게 결심했다고 해서 이루어지기도 쉽지 않은 일이다. 결심이 이루어지기 위해서는 충분한 실행이 뒤따라야 하기 때문이다.

행복한 사람의 습관, 불행한 사람의 습관, 충실하지 못한 사람의 습관은 고정되어 있다. 따라서 지금 충실하지 못한 사람은 언젠가도 충실한 사람이 될 수 없다. 습관은 쉽게 변하지 않기 때문이고, 당신이 지금 충실하지 못한 것은 현재의 문제라기보다 예전부터 그렇게 살아온 일상이 누적된 결과이기 때문이다. 그러니 이제부터 '언젠가'라는 생각은 지워버리고, '지금 당장'이라는 말로 대체하자. 지금 당장 시작할 수 있어야 후일을 도모할 수 있다.

인생을 충실하게 살기 위해서는 어떻게 살아야 할까? 그러기 위해서는 현재를 충실하게 살아야 한다. 지나간 날을 생각하며 후회하고, 오지 않은 미래를 생각하며 걱정하는 습관에서 벗어나야 한다. 걱정은 걱정을 불러와 걱정만 늘어날 뿐이다. 잠자리에서 뒤척이며 내일을 걱정한다고 무엇이 달라지는가? 닥치면 다 하게 되는 일이다. 막상 해보면 아무것도 아니다. 우리는 이미 다 그렇게 살고 있지만, 자꾸만 어리석음에서 벗어나지 못하는 삶을 반복하고 있다.

과거는 돌이킬 수 없는 시간이고, 미래는 아직 오지 않은 시간이다. 이미 되돌릴 수 없는 시간을 '그때 이랬으면 저랬으면'하는 생각으로 기억을 되뇌는 것은 현재를 충실하게 사는 데 아무런 도움이 되지 않는다. 과거에서 배우고 교훈을 얻은 다음에는 깨끗하게 잊어버려라. 그것이 자신을 긍정하며 현재를 충실하게 사는 길이다. 과거와 미래는 통제할 수 없지만, 현재는 통제할 수 있는 시간이다. 그러니 현재에 충실하라.

5장

당연히
그렇게까지 해야
성공할 수 있다

꿈은 잠잘때
꾸는것이 아니라
잠못들게 하는
것이다.

61. 꿈은 잠잘 때 꾸는 것이 아니라 잠 못 들게 하는 것이다

2021년 9월에 문득 '나도 책을 쓸 수 있을까?'라는 생각이 올라와서 이내 사색에 잠겼다. 처음엔 나조차도 '그러다 말겠지!'라고 생각했다가 시간이 지나면서 점점 책을 쓰겠다는 생각이 머릿속에서 구체화 되기 시작했다. 어디서 그런 용기가 생겨났는지 지금 다시 생각해도 알 수 없는 일이다. 생각이 구체화 되면서 책을 쓰고 싶은 생각에 잠 못 드는 날들이 많아졌고, 이에 따라 책을 써야겠다는 확신이 생겼다.

이러한 확신이 금방 사그라지지 않게 하는 방법은 '선언'이다. 남에게 나의 결심을 선언함으로써 내가 할 수밖에 없는 환경으로 나를 내모는 것이다. 다음 날 카페에 출근해서 매니저에게 선언했다. 2021년이 가기 전에 집필을 시작해서 2022년 중에 책을 출간하겠다는 선언이었다.

어떤 책을 쓸 것인지, 목차는 어떻게 구성할 것인지, 내 주장이나 생각을 뒷받침할 사례와 예시는 어떻게 준비할 것인지 등에 대한 기획 및 자료조사가 완료되고 11월부터 곧바로 집필에 들어갔다. 이제부터는 정말로 나와의 싸움이었다. 책 한 권은 보통 280페이지로, 이는 대략 글자 크기 10포인트를 기준으로 A4용지 120장 분량이다. 책 한 권을 40개의 꼭지로 나눈다면, 꼭지당 A4용지 3장을 써야 한다. A4용지 3장의 글을 써서 120장을 채운다는 건 말처럼 쉬운 일이 아니다.

밤 10시에 카페 일을 마치고, 집에 와서 늦은 저녁을 먹고, 자정부터 새벽 5시까지 책을 쓰는 일을 하루도 거르지 않았다. 카페에 출근해서도 코로나19로 한가한 날이 많았기에 밤새 쓴 원고를 읽고 수정하는 일로 여념이 없었다. 출판사에 원고를 투고하고 채택되기까지 얼마나 걸릴지 알 수 없는 일이었기에, 내가 할 수 있는 영역인 원고를 쓰는 일은 계획대로 마쳐야 했다. 그렇게 쉼 없이 꼬박 5개월을 원고를 쓰는 일에만 집중하여 2022년 3월이 가기 전에 원고를 탈고할 수 있었다.

원고를 탈고하고 곧바로 출판사에 투고했고, 운이 좋았는지 얼마 지나지도 않았는데 출판 계약까지 할 수 있었다. 2022년 4월 11일이었다. 우와! 나에게도 이런 일이. '나는 할 수 있다. 포기하지 말자.'라는 말을 얼마나 되뇌었던가. 꿈이 이루어지는 순간이었다. 보통 출판사에 원고 투고를 시작하면 적어도 5개월은 소요된다고 하기에 나도 그렇게 계획을 잡았는데, 2주 만에 계약까지 완료되니 더욱이 믿을 수가 없는 일이었다.

출판 계약을 마치고 목차를 일부 수정하는 등 출판사의 요청 사항을 반영한 최종 원고를 보냈다. 나중에야 알았지만, 지금부터 본격적인 출간 과정이 시작된 것이다. 탈고하기까지 수없이 읽고 또 읽었던 원고를 또다시 반복해서 읽게 되었다.

4월 22일에는 출판사의 편집팀장에게서 연락이 왔다. "보내주신 원고는 살펴보고 있습니다. 인생 속의 책임과 어려움, 공부와 성찰에서 깨달은 삶의 이치와 그로써 다듬어진 가치관들을 담은 내용이 감동과 용기를 주는 좋은 원고입니다. 이처럼 좋은 원고와 함께하게 되어 설레는 마음입니다. 방금 탈고 관련 몇 가지 요청 사항이 있어 메일을 드렸습니다. 확인하시고 회신 부탁드리겠습니다."

전작 『당신 참 애썼다』의 출간일은 2022년 6월 16일로 정해졌고, 6월 3일부터 예약판매가 시작되었다. 책을 집필한 작가의 소임을 다하고자 적극적으로 홍보했고 덕분에 의미 있는 예약판매 실적을 바탕으로 전국에 있는 40여 곳의 교보문고 신간 서적 매대에 진열될 수 있었다.

내가 작가가 된다는 건 지금 생각해도 내 생애에는 없는 일이었다. 그러다 책을 쓰고 싶다는 생각이 깊어지면서 잠 못 드는 날로 이어졌고 마침내 책을 출간한 작가가 되었다. 처음엔 '내가 책을 쓸 수 있을까?'라는 생각을 이겨냈고, 책을 쓰면서는 '끝까지 쓸 수 있을까?'라는 생각을 이겨냈다.

나도 했으니 당신도 할 수 있겠지만 일단은 시작해야 가능하다. 꿈은 당신도 모르는 사이에 찾아온다. 당신의 꿈을 외면하지 마라.

넘어진 것은
당신의 잘못이
아닐수 있지만
일어나지 않은것은
당신의 잘못이다.

62. 일어나지 않은 것은
당신의 잘못이다

"목표를 이루지 못하는 사람이 가장 잘하는 것이 있다. 핑곗거리를 만들어 내는 데 천부적인 소질을 갖고 있다는 것이다." 보도 섀퍼의 『이기는 습관』에서 핑계 대는 것에 집중하면 핑계 대는 이유만 늘어난다며 이루고자 하는 목표에 집중할 것을 주문하는 말이다.

인생을 살다 보면 자신이 원하든 원하지 않든 예기치 않은 고난을 만날 때가 있다. 그럴 때 사람은 두 가지 부류로 나뉜다. 왜 넘어졌는지 원인을 생각하는 사람과, 이왕 벌어진 일의 원인보다는 어떻게 해결할지 수습을 생각하는 사람으로 나뉜다. 당신은 어느 쪽에 속하는가? 당신이 넘어진 것은 이미 지나간 일이고, 어떻게 할지 판단하는 것은 주어진 현실이다. 어떻게 할 것인가? 이대로 주저앉아서 왜 넘어졌을지를 계속해서 생각만 할 것인가? 넘어진 원인을 파악하는 것도 필요하지만 우선은 일을 해결하는 것이 먼저이다. 원인분석은 나중에 해도 늦지 않다. 벌어진 상황을 수습하는 것이 우선이어야 한다.

당신이 남 탓만 하면서 일어나지 않으면 손해는 오직 당신의 몫이 될 뿐이다. 다른 사람의 연민과 위로는 당신을 나약한 존재로 만들 뿐이다. 당신은 어쨌든 넘어졌다. 당신의 잘못이든 아니든 넘어졌다는 결과는 변하지 않는다. 그러니 오직 넘어졌다는 사실을 받아들여라. 그리고 일어나라. 툭툭 털고 일어나라. 핑계 대지 말고 일어나서 아무렇지도 않게 가던 길을 가는 사람이 되어라.

이건 이래서 안 되고 저건 저래서 안 된다는 사람은 결국은 안 되는 이유를 찾아서 아무것도 실행하지 않는다. 돈이 없어서 안 되고, 시간이 없어서 안 된다고 말하는 사람은 돈과 시간이 주어져도 또 다른 핑곗거리를 찾아서 결국은 아무것도 하지 않을 것이다. 부정적인 사람은 안 되는 이유를 찾고, 긍정적인 사람은 할 수 있는 방법을 찾는다. 인생은 잘 달릴 때도 있고 넘어질 때도 있게 마련이다. 많이 달렸으면 넘어질 때도 된 것이고, 넘어졌으면 쉬어 가면 그뿐이다.

인생은 가벼운 마음으로 살아가야 한다. 어떤 일에 너무 많은 의미를 부여하면 거기에서 헤어나지 못한다. 걱정은 걱정을 부르고 고민은 또 다른 고민을 불러오는 법이다. 넘어진 자기를 자책하지 말고, '아, 내가 넘어졌구나.'라고 넘어진 사실을 받아들이고 일어나면 된다. 자신을 자책하며 주저앉아 있지 말아야 한다. 인생은 넘어졌을 때가 아니라 일어서는 것을 포기했을 때, 실패하는 것이다.

당신에게
어떤 잠재력이
존재하는지 확인하는
유일한 방법은
새로운 세상으로
한걸음
내딛는 것이다.

63. 잠재력을 확인하기 위해서는
새로운 세상으로 나아가라

밥 프록터는 『위대한 확언』에서 "위험을 감수하고 성공하면 자신의 능력을 최대한 발휘하면서 선순환을 창조할 수 있다."라며 한 번도 해보지 않은 일을 시도해야 자신의 잠재력을 확인할 수 있다는 말로 도전을 강조한다.

내가 한 번도 해보지 않은 일을 처음으로 시도했을 때는 27살 은행원 시절이었다. 인근에 있던 다른 은행과 축구 시합이 있었는데, 축구가 끝나고 호프집을 빌려서 뒤풀이하고 있었다. 분위기가 그냥저냥 흘러가자, 사회자를 한 명씩 정해서 중앙 집중 방식으로 놀자는 제안이 있었다. 상대 은행은 사회자가 정해졌지만, 우리는 아무도 하겠다는 사람이 없었다. 그때 어디서 자기가 해보겠다는 외침이 들렸다. 그건 바로 나였다. 어디서 그런 용기가 났는지 지금 생각해도 아찔하기만 하다.

그 일이 있고 난 뒤에는 지점에서 하는 야유회나 송년회 등의 사회를 도맡아서 진행하게 되었다. 본점으로 인사 발령이 난 뒤에는 은행 전체 산악회의 오락부장을 맡았고, 본점 통합 송년회를 진행했으며, 은행 전체 체육대회에서는 500여 명을 이끄는 응원단장을 하기도 했다. 이렇게 많은 사람

앞에서 응원단장을 했던 경험은 어떠한 일도 할 수 있다는 자신감을 고취시켰고, 두고두고 나를 성장시키는 계기가 되었다.

이렇게 축구 시합에서 얼떨결에 사회를 보게 된 이후에는 어떠한 조직이든 내가 속한 조직에서 야유회나 송년회 등 각종 행사의 사회를 전담해서 진행하게 되었다. 누가 시켜서 하는 일이 아니고, 시키기 전에 내가 알아서 준비했다. 여행은 가서도 좋지만 준비하는 과정이 더 설레듯이, 행사 진행도 준비하는 과정이 더 설레기 때문이다.

내 안에 이런 잠재력이 존재할 줄은 나도 몰랐다. 그러니 당신도 무언가 이끌린다면 두렵더라도 용기를 내보자. 두려운 생각을 떨쳐버리자. 처음엔 쉽지 않겠지만 어려워서가 아니라 익숙하지 않아서이다. 나도 처음 사회를 볼 때는 익숙하지 않아서 서툰 점이 많았지만, 10여 차례 사회를 보고 난 후에는 여유가 생겨서 시선 처리도 좋아졌고, 애드리브도 적절하게 구사하는 진정한 예능인이 되었다.

당신이 근무하는 조직에 사회자가 필요한데 아무도 나서지 않는다면 당신이 하면 된다. 사회자는 직급과 관계없다. 은행에서는 막내이지만 주도적으로 했고, 회사에서는 임원이지만 주도적으로 했다. 그러니 당신도 할 수 있다. 당신이 늘 하던 익숙한 일만 한다면 당신의 재능은 잠재력으로 남을 뿐이다.

당신은
이대로 사는게
그런대로 참을만한게
틀림없다
그렇게 살고서야 어떤
바꿔지 않았을려가
없지 않은가?

64. 당신은 이대로 사는 게
그런대로 참을만한 게 틀림없다

대부분 사람은 현재에 불만이 있지만, 막상 변하려고 하니 새로운 일상에 대한 두려움과 변하고자 하는 수고로움이 싫어서 애써 만족하며 살아간다. 이대로 살면 미래가 불안하다는 것을 알면서도 익숙한 현재의 불만을 선택한다. 성장과 발전보다는 '시간이 없어서, 굳이 그렇게까지.'라는 자기 합리화로 정체된 삶을 선택한다. 지금부터 10년 뒤를 생각해 보자. 현실을 애써 만족하며 사는 사람은 10년 뒤에도 지금처럼 불만족에 익숙한 시간을 연장하고 있을 것이다.

『일생에 단 한번은 독기를 품어라』의 저자 권민창은 10년간 잘 근무했던 안정적인 직업군인의 삶을 박차고 사회로 뛰어들었다. 32살, 출판사에서 받은 첫 월급은 200만 원이었지만, 출판사 입사 3달 만에 월 1천만 원을 벌었고, 현재는 출판사를 운영하며 연봉 3억 원 이상을 벌고 있다고 말한다.

그동안 다니던 직장을 그만두고 새로운 일을 시도한다는 것은 아무나 할 수 없는 일이다. 더구나 안정된 직장이라면 더욱 그렇다. 그럼에도 자신의 발전 가능성이 전혀 없다는 사실을 깨달았거나 결핍을 채우고자 하는 열망이 크다면 지금의 자리에 연연하지 말자. 인생의 전환점은 간절함과 절박함이 있을 때 마주할 수 있으며, 이는 결핍을 원천으로 한다. 내가 안정된 직장생활을 주저함이 없이 그만둘 수 있었던 이유도 공부에 대한 결핍이 있었기 때문이다. 회사를 그만두고 카페를 운영하면서 공부와 독서로 결핍을 채워나가며 성장하는 삶을 살았기에 다시금 더 높은 위치에서 일할 기회도 찾아왔다.

인생은 자신이 원하는 대로 다 되지는 않는다. 그러나 간절함과 절박함이 있다면, 이를 행동으로 실천할 수 있다면, 자신이 원하는 바를 쟁취할 수 있다. 간절하고 절박한 마음은 행동을 강요한다. 다르게 말하면 행동하지 않고 마음만으로 간절하고 절박하다면 그것은 일시적인 감정에 지나지 않는다.

'굳이 그렇게까지!'라는 마음이 든다면 지금처럼 살아도 된다. 대부분 사람은 과거에도 그랬고 10년 후에도 지금처럼 살 것이기 때문이다. 우리가 부러워하는 사람들은 '굳이 그렇게까지!'라는 생각을 역행하며 살아온 사람들이다. '당연히 그렇게까지!'라는 생각을 달고 사는 사람들이다.

이제는 당신 차례다. 안정된 직장을 그만두라는 말이 아니다. 지금 하는 일을 그만두라는 말이 아니다. 지금의 위치에서도 간절함과 절박함이 있다면 '당연히 그렇게까지!'라는 생각이 당신의 자리를 더 높은 곳으로 이끌기 위한 행동을 강요할 것이다.

당신이 성공하지
못하는 이유는
스스로 정해놓은
목표와 소망을
피해가기 때문이다.

65. 스스로 정해놓은 목표와
소망을 피해 가지 마라

"인생에서 가장 큰 고난은 우리가 얻고자 노력하지 않았다는 데 있다. 보람 없는 날들의 반복으로 최후의 목표가 달성될 리 없다." 쇼펜하우어는 『당신의 인생이 왜 힘들지 않아야 한다고 생각하십니까』에서 노력하지 않고는 원하는 것을 얻을 수 없다고 말한다.

당신의 삶이 달라지기 위해서는 일상이 변해야 한다. 목표를 달성하기 위해서는 현재의 일상에서 오는 즐거움을 일정 부분 포기해야 한다. 현재의 일상을 유지하면서 목표는 목표대로 달성할 수 없기 때문이다.

왜 당신은 매년 같은 목표를 반복하는가? 왜 자신과의 약속을 번번이 외면하는가? 처음의 각오는 도대체 어디로 갔는가? 물음표가 당신의 인생을 지배하게 두지 마라. 당신은 느낌표로 살고, 마침표로 살아야 한다.

그러기 위해서는 '언제부터 내가 이렇게 살았다고!', '남들도 그냥 그렇게 주어진 대로 사는데!'라는 생각으로 남들과 타협하는 자기합리화에서 벗어나야 한다. 그렇지 않고서는 인생의 마지막 순간에 '그때 그걸 해 봤더라면!'이라는 생각이 후회로 남을 것이다.

'내 인생 잘 살다 간다.'라는 말을 남기려면 우리는 삶을 제대로 살아야 한다. 행복을 감각적인 만족에 두지 말고, 내가 뿌듯할 수 있는 삶에 두어야 한다. 그러기 위해서는 지금보다 더 나은 삶을 살려는 노력이 있어야 한다. 노력은 하는 순간에는 힘이 들지만, 그것이 끝나면 뿌듯함이 남는다. 운동해도 힘이 들고 공부해도 힘이 들지만, 텔레비전을 보거나 게임을 하면 힘이 들지 않는다. 그것을 하는 순간에 힘이 들면 그것이 끝났을 때 재미를 느끼지만, 그것을 하는 순간에 재미를 느끼면 그것이 끝났을 때 힘이 든다.

헬스장에 가서 무거운 역기를 들어야 근육이 생기는 것처럼, 힘이 들어야 힘이 생긴다. 이처럼 노력은 힘이 들고, 힘이 생기는 것이다. 따라서 당신이 지금 힘들지 않다면 노력하지 않는 것이다.

'남들도 저러는데!'라며 다른 사람으로 위안 삼지 마라. 남들이 놀 때 같이 놀고, 남들이 쉴 때 같이 쉬고, 남들이 잘 때 같이 잔다면 어떻게 남들보다 뛰어날 수 있겠는가? 남들은 남들이고, 당신은 당신이다. 남들이 어떻든 당신은 당신의 계획대로 나아가면 된다. 당신의 일상에 노력이 켜켜이 쌓여가면 그때는 알게 된다. '내 인생 잘 살아가고 있다는 것을!'

프로야구 키움 히어로즈에 '포스트 이정후'라고 불리는 이주형 선수가 있다. 2023년 8월에 LG 트윈스와의 트레이드로 데려온 선수이다. 그는 올 시즌 스프링 캠프에서 입은 허벅지 부상으로 1군에 늦게 합류했지만 7경기에 출전해 4할 8푼 3리의 고타율을 기록했다. 그러다 햄스트링 부상으로 4월 12일에 1군 엔트리에서 제외되었고 5월 중에 복귀할 예정이다. 키움의

홍원기 감독은 "기회를 놓치지 않겠다는 간절한 마음으로 매 순간 100%를 쏟아내니 부상 위험도가 올라가는 것 같다."라며 이주형 선수에 대한 안타까운 마음을 전한다. 이주형 선수는 "지금은 바닥부터 시작하지만 언젠가는 메이저리그에 가서 정후 형과 함께 야구해 보고 싶다."라며 마음 한곳에 더 높은 곳을 향하고 싶은 꿈이 있음을 밝힌다.

지금보다 더 큰 목표와 소망이 있기에 매 순간 최선을 다하다 보니 부상 위험도가 올라가는 이주형 선수처럼, 나도 이 글을 빨리 완성하겠다는 목표와 소망으로 글쓰기에 집중하다 보니 막바지에 엉덩이 근육을 다쳐서 나흘 동안 움직일 수 없었다. 꼭 필요하면 기어서 다녔고, 앉아 있지도 못해서 누워서 지냈다. 글을 빨리 마무리하고 싶다는 생각에 새벽까지 너무 오랜 시간 글을 쓰다 보니 벌어진 일이었다. 의자에서 일어나는데 찌릿하더니 그대로 걸을 수가 없었다.

2년 전에도 손목과 어깨의 찌릿함이 허리통증으로 이어졌고, 계속해서 원인을 알 수 없는 다발성 통증으로 이어져 8개월을 고생했던 기억이 떠올랐다. 이럴 때 대부분 사람이 느끼는 첫 번째 감정은 두려움이다. 하지만 진정한 핵심은 이러한 두려움에 어떻게 대처하는지의 두 번째 감정에 있다. 나는 두려움이 재생산되는 것을 멈추고 근육이 놀랐을 뿐이라며 마음을 다잡았다. 그리고 나흘 동안 아무것도 하지 않고 지냈다. 소파에 누워서 아무 생각 없이 텔레비전만 보았다. 이렇게 의미 없는 일상이 언제였는지 기억이 없다. 아무것도 하지 않고 지낸 나흘이 너무나도 길게 느껴져서 지루하고 따분한 시간이 되었다. 그렇지만 그동안 무리했으니 쉬어가라는 강제 휴식이 주어졌다고 생각하자 차분한 마음으로 지낼 수 있었다.

　글을 완성하는 원래의 계획은 첫 번째 책의 출간일로부터 2년 뒤인 2026년 6월 16일이었다. 그런데 글을 쓴다고 선언하고 보니 천천히 쓰겠다는 애초의 계획은 온데간데없고 어느새 글쓰기에 집중하고 있었다.

　이주형 선수에게 무리하지 말라고 해도, 상황이 닥치면 무리하는 것처럼 나도 마찬가지였다. 기왕에 세운 목표를 조기 달성 하고 싶은 욕구에 본능대로 움직인 것이다. 스스로 목표를 정해놓는 것이 얼마나 중요한지를 다시금 깨닫는다. 목표가 없으면 제대로 움직이지 않기 때문이다. 그러니 당신도 목표를 정해놓고 움직여라. 스스로 정해놓은 목표를 피해 가지 마라. 그러면 성공도 당신을 피해 가지 않을 것이다.

똑같이 주어진 시간 안에서
더 많이 배우고
더 많이 성장하는 삶.
그것이 가장
성공한 삶이다
당신의 삶을
확장하라.

66. 당신의 삶을 확장하라

　당신에게 일을 대하는 철학이 뭐냐고 묻는다면 뭐라고 대답할 것인가?
　나에게 묻는다면 '확장'이라고 대답하겠다. 내가 일을 대하는 방식은 확장이다. 내가 지금 맡은 일은 내 업무의 전부가 아니라 기본이라는 생각이다. 기본적인 업무를 하면서도 '왜'라는 질문을 해야 한다. '왜 이렇게 하는 걸까?, 더 좋은 방법은 없을까?' 이러한 생각이 업무의 확장을 가져온다. 생각이 생각을 불러오기에 반드시 개선책이 마련돼서 업무를 더 효율적으로 하게 된다.

　이렇게 기본적인 업무를 개선하면 다른 일을 찾아 업무 영역을 확장해 나간다. 영업 담당도 아니면서 스스로 외부 영업을 시도하고 그것이 매개체가 되어 영업부를 총괄하고 회사의 총괄 임원이 된다. '회사에서 역량을 발휘할 수 있는 일은 스스로 찾아서 해내는 것!' 이것이 내가 일하는 방식이다.
　'받은 만큼 일하지 말고, 일한 만큼 받아라.'라는 말이 있다. 먼저 받길 바라지 말고 내가 먼저 주라는 말이다. 회사에서 무엇을 더 받아 낼지를 생각하지 말고, 회사에 무엇을 더 줄 수 있는지를 생각하라는 의미다. 성공한 자영업자는 손님들에게 '무엇을 더 받을까?'보다는 '무엇을 더 줄까?'를 생각했다고 한다.

그런데 일에 대한 역량은 어떻게 끌어올릴까? 철학이 아는 것이라면, 역량은 행하는 것이다. 확장을 일에 대한 철학으로 삼고 있더라도 실제로 행하지 않으면 아는 철학으로만 남을 뿐이다. 역량은 행하므로 얻고, 모르는 것을 부끄러워하지 않고 기꺼이 배울 수 있는 마음으로 얻는다. 상사에게 배우고 동료에게 배우고 부하직원에게 배우고 책을 통해서 배우고 그렇게 배우면 된다.

역량의 사전적 의미는 '어떤 일을 해낼 수 있는 힘'이다. 역량은 쉽게 단념하지 않고 결국은 해내는 끈기와 부단한 노력으로 완성된다. 그러니 당신이 일에 대한 역량을 끌어올리고 싶거든 닥치고 노력해야 한다. 일에 대한 확장은 역량을 토대로 하고, 역량은 노력을 토대로 하니 부단히 노력해야 한다.

당신에게는 삶을 확장할 기회가 없었다고 말하지 마라. 기회는 스스로 만드는 것이다. 당신이 평소에 해왔던 일하는 방식과 삶의 습관이 기회와 연결된다.

그러니 당신에게 여태껏 기회가 없었다면 지금까지와는 완전히 다른 방식으로 생각하고 행동해야 한다. 당신이 지금 있는 곳은 당신의 생각과 행동이 낳은 자리다.

10년 후에도 여전히 기회가 없었다고 말하지 마라. 10년 후에도 같은 말을 반복한다면 당신의 남은 인생은 계속해서 지금을 반복할 뿐이다.

뚜렷한 목적을
갖고사는 사람과
아무 목적도 없이
사는 사람이
같을수는 없다.

67. 뚜렷한 목적을 갖고 살아라

"우리는 가진 것만큼 행복한가? 물론 어느 정도 관계는 있겠지만 행복은 가진 것에 의해서 추구되지 않습니다." 법정 스님이 『스스로 행복하라』에서 행복은 정신에 있음을 말씀하신 대목이다.

대부분 사람의 삶의 목적은 크게 물질적인 것과 정신적인 것으로 나눌 수 있다.

당신의 삶이 물질에 있든 정신에 있든, 뚜렷한 목적이 있는 사람과 아무 목적도 없이 사는 사람은 사는 방식도 다르고 결과도 다르다.

내가 끌어당김의 법칙에 관한 책을 섭렵하고 물질에 대한 목표를 적은 선언문이다.

1. 2030년까지 30억 원을 벌었다.
2. 내 마음에 들지 않는다고 실망하지 않았다. 지금이 끝이 아니기 때문이다.
3. '안 되는 것은 없다.'라는 마음으로 할 수 있는 방법을 찾았다.
4. 지금보다 더 좋은 방법은 없는지 끊임없이 연구하고 노력했다.

5. 진인사대천명의 마음으로 내가 할 수 있는 일에만 최선을 다했고, 결과는 신경 쓰지 않았다. 지금 좋은 일이 나중에도 좋은 일이 될지, 지금 안 좋은 일이 나중에도 안 좋은 일이 될지는 시간이 지나 봐야 알 수 있기 때문이다.

6. 어떠한 결과가 주어지더라도 '이 또한 지나가리라.'라는 마음으로 교만하거나 좌절하지 않았고 들뜨거나 가라앉지도 않았다.

7. 익숙한 현재에 안주하지 않았고 내가 뿌듯할 수 있도록 성장하는 삶을 살았다.

8. 나는 나를 믿는다. 나는 해내는 사람이다. 나는 이미 해냈다.

이러한 선언문을 읽다 보니 2번과 3번은 긍정문이긴 하지만 부정문으로 시작하고, 나머지도 전체적으로 어렵고 장황해서 해내는 과정이 어렵게 느껴진다. '기왕에 달성할 목표라면 복잡한 과정보다는 단순한 과정이 좋겠다.'라는 생각에 선언문을 수정했다.

1. 2030년까지 30억 원을 벌었다.

2. 나는 원하는 것을 얻고 싶다는 열정 덕분에 목표를 쉽게 달성했다.

3. 나는 나를 믿었다. 하늘은 스스로 돕는 자를 돕기 때문이다.

4. 나는 건강하고, 내가 하고 싶은 일을 하며, 충분히 많은 돈을 벌었다.

당신도 당신이 원하는 물질 목표에 대한 선언문을 작성하고 잠자리에 들기 전에 한 번, 아침에 일어나서 한 번 소리내 읽어라. 큰 소리로 읽고 읽을 때는 이미 그 돈을 손에 쥔 모습을 보고, 느끼고, 믿어라. 선언문을 작성할 때부터 삶을 대하는 마음가짐이 달라진다. 선언문을 읽을 때마다 각오를 다지게 된다. 그런데 정작 중요한 건 읽기만 해서는 안 된다는 것이다. 반드시 목표를 달성하기 위한 행동이 뒤따라야 한다. 시험을 잘 보려면 시험을 잘 보는 방법을 아는 것보다 시험공부를 열심히 해야 하는 것과 같은 이치다.

법정 스님의 『스스로 행복하라』를 읽으면 본문이 시작되기 전에 '당신은 삶의 가치를 어디에 두고 있는가?'라는 물음이 나온다. '삶의 가치란 무엇일까? 나는 삶의 가치를 어디에 두고 살았을까?'라는 생각을 거듭하다가 이윽고 생각이 정리되었다. 삶의 정신적인 목표가 정립된 것이다.

나는 삶의 가치를 깨달음에 두고 있다. 삶의 이치에 대한 깨달음 말이다. 내가 사색을 통하여 얻은 삶의 이치는 진인사대천명, 일체유심조, 무주상보시의 깨달음이었다. 삶의 이치에 대한 깨달음을 얻으면 인생을 어떤 마음으로 살아갈지 구체적인 방향을 정할 수 있다. 나는 이에 따라 삶에 대한 가치관이 재정립되었고, 이런 마음가짐으로 살아가면 행복도 나를 따라올 것으로 생각했다.

뚜렷한 목적을 갖고 사는 사람과 그렇지 않은 사람의 근본적인 차이는 '생각이 바뀌면 감정이 바뀌고 감정이 바뀌면 행동이 바뀐다.'라는 말처럼 어떻게 생각하고 어떻게 행동할 것인지에 달려있다.

당신은 어떻게 살 것인가? 인생의 목표가 없어도 사는 데 지장은 없지만, 그러면 지금의 자리에서 멀어지기 어렵다. '나는 어떻게 살 것인가?'에 대한 사색의 시간을 가져보자. 인생은 지금 당장 결정되지는 않지만, 지금 당장 어떻게 사느냐가 당신의 미래를 결정한다.

물은 절벽을 만나야
폭포가 된다.
절벽이 두려워
나아가지 못하면
언젠가는 고인물이되어
썩어갈 것이다. 隨處作主

68. 물은 절벽을 만나야 폭포가 된다

개리 비숍은 『나는 인생의 아주 기본적인 것부터 바꿔보기로 했다』에서 두렵다고 해서 그것이 행동하지 않을 핑계가 되지는 않는다며 "중요한 것은 두려움을 물리치는 게 아니라 두려움을 느끼더라도 문제없다는 사실을 깨닫는 것이다."라고 말했다.

살면서 누구나 절벽을 만나게 되는데, 절벽에 가로막혀 정체되는 사람이 있는가 하면, 절벽이라는 사실을 개의치 않고 나아가는 사람도 있다. 절벽 앞에서는 포기하든지 도전하든지의 선택만이 있을 뿐이다. 당신은 살면서 어떤 절벽을 만났고, 어떤 선택을 했는가?

IMF 금융위기로 평생의 직장이라 여겼던 은행에서 퇴출당했다. 이듬해 인 1999년에 저축은행에 경력직원으로 입사하여 은행원의 삶을 이어갔는데, 이때 작은 절벽을 만났던 이야기이다.

저축은행은 시중은행보다 대출 금리가 높아서 일반적인 담보 대출은 경쟁력이 없었다. 그렇다고 신용 대출을 활성화하면 대출이 부실화될 위험이 컸다. 고심 끝에 어음을 담보로 하는 상업어음할인에 집중했다. 상업어음할인은 납품업체가 거래대금을 어음으로 받는 경우 어음 만기일까지 선이자를 공제하고 현금화하는 대출 상품이다. 어음할인도 할인한 어음이 부도나면 은행도 손실이 발생하기 때문에 시중은행에서는 어음 외에 별도의 담보를 요구하는 경우가 많았고, 담보를 제공해도 연 5%의 선이자를 받았다. 담보 여력이 없는 대부분의 소규모업체는 연 36%의 선이자를 받는 사채 시장을 이용했다. 우리는 여기에 착안하여 사채 이자의 절반인 연 18%의 금리로 어음할인을 취급하기로 했다.

이를 결정하는 과정에서 우려의 목소리가 컸다. 시중은행도 별도의 담보를 받는데 위험에 대한 아무런 대책 없이 진행해도 되겠냐는 것이었다. 활발한 논의 끝에 업체당 1천만 원 이하의 소액 어음을 대상으로 3천만 원까지를 한도로 운영하고, 어음 발행인당 할인 규모도 3천만 원으로 제한했다. 사채 이자와 차액을 적금으로 가입할 수 있도록 권유하여 신용 위험을 보완하였고, 업체는 적금 만기가 되면 목돈으로 받을 수 있게 했다.

이제부터 시작이다. 거래 대상인 소규모업체 위주로 무작위 방문을 해야 한다. 내가 팀장이지만 팀원 1명이 전부이고 모든 책임은 내가 져야 한다. 시중은행에서 근무할 때도 이렇게 바닥 영업은 해본 적이 없었다. '거래 실적이 저조하면 어쩌지?', '할인해 준 어음이 부도나면 어쩌지?' '어음 부도율이 높아서 손해라도 끼치면 어쩌지?' 의지할 곳은 오직 나뿐이어서 시작하기 전부터 두려움이 앞섰다.

영업을 시작하고 온종일 걷고 또 걸었다. 오라는 곳은 없어도 갈 곳은 많았다. 저축은행을 포함한 금융권에서 신용 위험이 있는 소규모업체를 대상으로 이렇게 방문 영업을 하는 경우는 거의 없었다. 저축은행도 은행이기에 은행에서 나왔다고 하니 반신반의하며 상담받는 사장님들도 있었고, 필요 없다며 문전박대하는 사장님들도 많았다. 상담을 받은 업체는 거래로 이어지는 경우가 많았지만, 상담을 받는 업체는 많지 않았다.

한 곳 한 곳 발품을 팔아야 하고 상담을 통해 거래처도 선별해야 해서 거래처 유치에 속도가 나지 않았지만, 꾸준함을 무기로 삼는 것 외에는 다른 방법이 없었다.

그러다가 거래처가 100여 곳에 이르고, 그간의 실적을 바탕으로 거래처와 신뢰 관계가 형성되자 사장님들의 소개가 이어졌다. 결국 1년여 만에 500여 곳의 거래처를 확보하였고, '입소문이란 이런 것인가 보다.'를 경험할 수 있었다.

우려했던 어음 부도율도 낮았고, 부도가 나더라도 소액이었기에 부담이 없었다. 연말에 예상을 뛰어넘는 실적으로 직장에서는 인정받는 팀장이 되었고, 거래처 사장님들은 사채 이자를 아껴서 목돈을 만들었다며 고마워했다.

안 하던 일을 시도하는 것은 앞으로 나아가는 것이다. 안 하던 일이기에 어려움도 많겠지만 어려워서 어려운 것이 아니라, 익숙하지 않아서 어려운 것이다. 계속해서 시도하면 익숙해져서 어렵지 않다. 그러니 어려운 것이 아니라 익숙하지 않은 것이라고 해두자. 늘 하던 일만 해서는 고인 물이 되기 마련이다. 사람은 죽으면 썩어가지만, 당신은 죽기 전에 썩을 수 있음을 명심하자.

배는 항구에 있으면
안전하지만
그것이 배의 존재이유는
아니다.

69. 배는 항구에 있으면 안전하지만, 그것이 배의 존재 이유는 아니다

배의 존재 이유는 바다로 나아가는 데 있다. 수평선 넘어 항해하고, 거친 파도를 넘고, 칠흑 같은 밤바다와 눈 부신 태양을 헤치고 나아가는 데 있다. 배는 출항하고 나면 이렇게 온갖 위험을 마주한다. 그러나 위험이 두렵다고 항구에 머무는 배는 없다. 위험을 감수해야 목적지에 도착할 수 있고, 위험을 이겨내야 원하는 곳에 도착할 수 있기 때문이다.

우리의 인생도 마찬가지다. 위험이 두렵다고 현실에 안주하면 목적지에 도달할 수 없다. 우리의 뇌는 위험을 회피하도록 설계되어 본능적으로 도전을 꺼린다지만, 모두가 도전을 꺼리는 것은 아니다. 인간의 존재 이유는 도전하는 삶에 있기 때문이다. 스마트폰을 이용하여 모바일 시대를 만든 스티브 잡스, 화성 이주를 꿈꾸며 우주를 향한 도전을 하는 일론 머스크, 일론 머스크와 마찬가지로 우주 사업에 도전하고 있는 아마존의 제프 베이조스가 그들이다.

또한 익히 알려지지는 않았지만, 일본에도 우주 사업에 도전하는 사람이 있다. 그는 호리에 다카후미로『가진 돈은 몽땅 써라』에서 IT와 SNS 미디어 사업으로 번 돈을, 자그마치 15년이라는 세월 동안 고난의 연속이었던 우주 사업에 몽땅 쏟아부은 이야기를 밝힌다. 그는 수많은 난관과 자금난에 부딪혔지만, 끝까지 해내고 말겠다는 의지로 현실을 꿈 이상의 단계까지 끌어올렸다고 말한다.

우주 사업으로의 도전은 이렇듯 무모할 수 있기에 함부로 할 수 없고, 아무나 할 수 있는 일도 아니다. 가진 돈을 몽땅 쓰고, 대출까지 받아 몽땅 쓰는 일을 누가 할 것인가? 누가 들어도 너무나 범접할 수 없는 영역은 패스하자. 세상은 엉뚱한 사람이 선도하고 비합리적인 사람이 선도하는 법인데, 우리는 엉뚱하지도 않고 매우 합리적인 보통의 사람이다. 그러니 아예 체급이 다른 사람은 열외로 하자. 그렇지만 이런 사람도 있다는 것을 알고는 있자. 두고두고 당신의 투지를 불러일으키는 데 도움이 될 것이다.

배는 항해할 준비를 마치면 바다로 나아가지만, 사람은 다른 세상으로 나아갈 준비가 되었는데도 종종 그 자리에 머문다. 자신의 결정을 확신하지 못하기 때문이고, 현재의 자리에 머무는 것이 안전할 수도 있다는 착각을 주기 때문이다. 결국은 실패가 두려워 나가지 못하는 것이다. 세상에 완벽한 성공을 가져다주는 일이 어디 있겠는가? 그렇게 해서는 도전하는 당신을 마주하지 못한다. 반짝임을 잃어버린 당신의 흐릿한 눈동자를 보고 싶지 않다면 당신은 새로운 영역으로 나아가야 한다. 준비되었다면 나아가야 한다. 그것이 당신을 새로운 안전지대로 이끄는 일이다.

불가능하다는 말은
도전하지
않는자의
핑계일 뿐이다.

70. 불가능하다는 말은
도전하지 않는 자의 핑계일 뿐이다

1998년 10월 7일, 추석 연휴가 끝나고 회사를 창업했다. 그동안 4번의 사업 실패로 수중에 남은 돈은 30만 원이 전부였다. 내 나이 마흔이었다.

연휴 내내 어떻게 살 것인가에 대한 이런저런 생각으로 머릿속은 복잡했지만, 워낙 가진 것이 없다 보니 헤쳐 나갈 방법이 없었다. 그렇지만 이대로 끝나버리면 영영 패배자가 되는 것이기에 어떻게든 다시 일어서야 했다. '언제는 뭐 자본이 넉넉했나?'라는 생각이 더 잃을 것도 없다는 사실을 일깨웠다. 가진 것도 없었고 마음도 가난했지만, 그러한 결핍이 나를 다시 뛰게 했다.

창업 당시는 산업용 진공펌프가 주력 제품이었고, 지금 주력이 된 급수펌프는 막 개발을 시작하는 단계였다. 창업 초기의 어려움을 그럭저럭 버텨내며 3년 후 매출액이 18억 원이 되었지만, 이렇게 해서는 아무런 임팩트 없는 그저 그런 회사로 남을 뿐이라는 생각이 들었다. 회사가 성장하기 위해서는 기회의 땅으로 가야 했다.

2002년 5월 12일, 변변한 출장비도 없이 중국으로 향했다. 지갑은 가벼웠어도 마음만은 열정으로 가득했다. 당시 대한민국은 5월 31일 개막하는 한일월드컵으로 들썩였지만 나와는 관계없는 일이었다. 중국 출장에서 경쟁력 있는 급수펌프를 발굴하겠다는 목표에만 집중했다. 경비를 아끼기 위해 한 번 출장에 최대한 많은 업체를 방문해야 했기에 비교적 이른 시간에 가봐야 할 펌프 공장은 대부분 방문할 수 있었다. 그렇게 여러 번의 출장으로 품질과 가격경쟁력을 갖춘 업체를 찾아냈고 수입을 위한 국내 독점공급 계약을 체결했다. 그리고 '여기에만 만족하지 않고 독자적인 기술로 중국에 공장을 세워야겠다.'라고 결심했다.

이 계약과 더불어 2004년 11월 펌프 전용 인버터를 자체 개발하는 데 성공하며 회사는 성장하기 시작했다. 2001년 18억 원에 불과했던 매출액이 2007년에는 처음으로 100억 원을 넘었다. 그렇게 회사는 성장을 거듭하며 다시 8년이 흘렀다.

2015년 3월, 13년 전에 막연히 중국에 자체 공장을 짓겠다는 결심이 실현되었다. 중국 상해에 6천여 평에 달하는 대규모 공장이 완공된 것이다. 공장을 바라보며 그동안 어려움에 부닥쳤던 수많은 순간이 스쳐 지나갔다. 또 망했다는 악몽에서 깨어나며, '휴! 꿈이었구나.'라고 탄식하던 순간이 얼마나 많았던가. 이제는 망하지 않겠다는 확신이 들었다. 그해 매출액은 처음으로 200억 원을 넘었다.

그리고 또다시 8년이 흘렀다. 2023년 6월, 중국 후저우에 기존 상해 공장의 3배에 달하는 2공장이 완공되었다. 2021년 6월 착공 이후 2년 만의 일이다. 향후 펌프 수요를 생각하면 꼭 필요한 투자였지만 가진 자금을 모두 써야 했기에 쉽지 않은 결정이었다. 이로써 우리 회사는 세계적인 펌프 제조업체로 도약할 수 있는 기반이 마련되었다. 후저우 공장이 완공된 2023년에는 생산량 증가와 더불어 계속된 신제품 출시로 국내 매출액은 467억 원, 상해 현지법인의 매출액은 674억 원으로 합계 매출액 천억 원을 돌파했다.

여기까지가 27년을 한결같이 펌프 개발에만 전념하며 우리 회사의 성장을 이끌어 온 회장님의 이야기다.

바닷가재는 성장할수록 몸을 조여오는 껍질의 압박을 느낀다. 몸은 성장하는데 껍질은 절대 늘어나지 않기 때문이다. 바닷가재가 늘 현재의 껍질을 버리고 새로운 껍질을 만들어야 하는 이유다. 그렇지 않으면 기존의 껍질 속에 갇혀 죽게 되기 때문이다. 우리 회사도 마찬가지였다. 앞으로의 변화에 대응하지 못하면 지속적인 성장은 꿈꿀 수도 없기에 우리의 몸에 맞는 새로운 껍질을 계속해서 만들어 온 것이다. 모두가 불가능하다고 만류하고 반대했지만, 회장님의 열정으로 가능한 현실이 된 것이다.

2006년 7월 18일, 내가 우리 회사에 처음 입사한 날이다. 2006년에도 회사는 어려움이 많았고, 2008년에는 미국발 금융위기로 절체절명의 순간을 맞기도 했다. 그럴 때마다 "안 된다, 못 한다."라는 말 대신 "할 수 있다, 해보자."라는 투지로 여러 차례의 위기를 극복하였고 2010년 이후로는 안정적인 성장을 거듭하고 있다.

매출액 18억 원의 사장이, 천억 원이 넘는 회사의 회장으로 성장한다는 건 아무나 가능한 일이 아니다. 회사가 성장하듯 본인도 꾸준히 성장해야 하기 때문이다. 현실에 안주하려는 마음을 다스리고, 할 수 없다는 마음을 다스려서, '나를 따르라.'라는 마음으로 구성원들을 이끌어야 하기 때문이다.

당신은 해보지도 않고 불가능하다고 말하지 마라. 한 번만 해보고 불가능하다고 말하지도 마라. 한 번의 시도는 또 한 번의 시도를 불러오고, 이를 반복하게 하는 힘이 있다. 일단 시도해 보라. 그리고 계속해서 시도하면 '해볼 수 있겠는데!'라는 생각으로 바뀔 것이고 그러면 해낼 수 있다. 어려움은 버티고 이겨내라고 있는 것이다.

성공하는 사람은
확신이 있고
실패하는 사람은
의심이 있다
할수있음을 의심하지말고
할수 있다고
믿어라

71. 성공하는 사람은 확신이 있고
   실패하는 사람은 의심이 있다

"영업 사원들이 실패하는 가장 큰 이유는 고객에 대해 미리 판단을 내려서 판매가 안 될 수도 있다고 단정 짓는 경향 때문이다." 다니엘 킴의 『세계 최고의 부자들은 어떻게 원하는 것을 이루었는가』에서 부딪혀 보지도 않고 생각만으로 판단하는 것을 경계하라는 말이다.

일을 하는 데 있어 판단해야 할 때가 있다. 이 일을 해도 될 것인가? 이쯤에서 중단할 것인가? 아니면 계속해서 좀 더 해볼 것인가? 그런데 이러한 판단을 해보지도 않고 결정해서는 안 된다. 생각하는 것과 실제는 다를 수도 있기 때문이다. 영업이든, 정치든 답은 현장에 있다. 고객이 무엇을 원하는지 고객의 생각을 들어봐야 한다. 그리고 나아갈 방향을 정해야 한다. 그것이 힘들고 어렵다며 실행하지 않으면 잘못된 판단을 하게 될 가능성이 크다. 그렇게 해서는 회사는 물론 당신 또한 어려움에 부딪히고, 당신은 자신이 하고 싶은 일만 하는 제한적인 사람이 된다.

고객은 당신을 기다려 주지도 않고, 당신의 방문을 환영하지도 않는다. 처음에는 그렇다. 뭐든 처음이 힘들기 마련인데, 소극적으로 생각하는 사람은 여기가 끝이라는 판단으로 영업을 종료한다. 반면에 적극적으로 생각하는 사람은 행동부터가 다르다. 내가 거래를 성사하기 어려운 만큼, 거래가 시작되면 오래도록 거래 관계를 유지할 수 있는 거래처라는 생각으로 더욱 공을 들인다.

어부가 고기를 잡을 때 어망을 최대한 넓게 펼쳐야 많은 고기를 잡을 수 있듯이 영업도 마찬가지고, 정치도 마찬가지다. 최대한 많은 곳을 방문해서 최대한 많이 만나야 한다. 그리고 현장에서 얻은 데이터를 참고해서 어디에 집중할 것인지의 전략을 마련해야 한다. 스스로 힘들다고 생각하면 힘든 일이 되고, 해볼 만하다고 생각하면 해볼 만한 일이 된다.

성공도 마찬가지고, 실패도 마찬가지다. 스스로 성공할 것 같다면 성공하고, 실패할 것 같다면 실패한다. 성공을 바라보는 사람은 자신감도 있지만, 실제로도 자신이 있기 때문이다. 이렇게 좋은 제품을 구매하지 않는 것은 당신의 실수라는 생각으로 무장해서 몇 번의 거절에도 지속적인 방문을 실행한다. 실패를 생각하는 사람은 본인도 문제지만, 제품에도 자신이 없다. 성공하는 사람과 같은 물건을 팔고 있음에도 단점에만 집중하기 때문에 지속적인 영업에 실패한다. 성공과 실패는 마음으로만 결정되지 않지만, 어떠한 마음을 가지느냐가 중요한 것은 사실이다. 그러니 기왕이면 할 수 있다고 믿어라. 나는 할 수 있는 사람이라는 자기 확신을 해라.

섬곱한 사람들은
삶이 재미없어지고
의욕도 없고 모든게
시들해질때가 있다
그들을 다두는
편안해진
삶이였다

72. 성공한 사람들도
모든 게 시들해질 때가 있다

밥 프록터는 『위대한 확언』에서 "우리는 성공한 사람들이 정점에 도달했다가 추락하는 모습을 자주 본다. 성장을 멈추면 죽은 거나 다름없다."라며 끊임없이 더 나은 방식으로 성장해야 한다고 말한다.

아무런 목표가 없는 사람과 정해진 목표가 있는 사람의 삶이 같을 수는 없다. 목표를 향해 나아가는 사람은 삶이 시들해질 수가 없기 때문이다. 하루하루가 의욕으로 가득 차 있어서 삶이 지루할 틈이 없다.

나도 마찬가지였다. 9년간 다닌 회사는 여러 차례 어려움을 통해 근무하는 동안 지루할 틈이 없었지만, 퇴사할 당시의 회사는 어려움을 극복하고 안정적인 성장을 하고 있었기에 회사도 나도 여러모로 편안해진 상태였다. 계속해서 편안함에 머물 수도 있었지만, 공부에 대한 결핍을 채우고자 회사를 그만두었다.

처음부터 카페 창업을 목적으로 하지는 않았으나 삶은 인연이 닿는 대로 흘러가나 보다. 원래부터 카페를 계획한 것처럼, 카페 일이 적성에도 맞았고 재미도 있었다. 창업 초기에는 익숙하지 않아서 어려움도 있었지만 비교적 이른 시간에 본궤도에 올랐다. 자영업자의 삶이기에 창업 초기에는 걱정도 많았지만, 매출도 좋았고 수익도 높았다. 여기서 무엇을 더 바라겠는가? 이런 경우 대게는 편안함을 추구하며 그 자리에 머물지만, 나는 원래 다른 목적이 있었기에 이때부터 더욱 의욕적인 사람이 되었다.

카페 운영이 안정되면서 카페에 출근해서 일하는 시간보다는 공부하는 시간이 더 많아졌다. 물론 카페는 매일 출근했다. 일이 바빠지면 일을 했고 그렇지 않은 시간에는 공부했다. 바쁘면 일해서 좋았고, 한가하면 공부해서 좋았다. 바빠서 공부할 시간이 없다거나, 한가해서 장사가 안된다고 한탄한 적이 없었다. 무엇이 주어지든 상황을 극복하며 하고 싶은 일을 하니 사는 게 참 재미있었다.

사는 게 안정되고 한가하면 재미있는 것을 찾는 쓸데없는 생각을 하기 마련이고, 편안하면 더 편안하고 싶은 생각을 하기 마련이다. 그러니 당신에게 한가할 틈을 주지 마라. 당신이 편안함에 안주하게끔 내버려두지 마라. 행복은 더 나은 방식으로 변화하고 성장할 때 느끼는 감정이다. 그 자리에 머물며 느끼는 행복은 일시적인 감정이다. 일시적인 사랑이 오래가지 못하듯 일시적인 행복도 지속되지 않는다. 순간의 편안함에 안주하지 마라. '화무십일홍'처럼 당신의 삶도 금방 시들해질 것이다.

시키는 대로만
해서는
절대로 최고가
될수없다.

73. 시키는 대로만 해서는
절대로 최고가 될 수 없다

1989년 조훈현은 세계 최고 규모의 바둑대회인 응씨배 결승에서 중국의 바둑 천재인 녜웨이핑을 꺾고 우승을 차지했다. 그 당시 한국은 일본과의 바둑 교류전조차 거절당하는 바둑 약소국이었는데, 이 우승으로 변방에 머물던 한국 바둑계의 위상을 일거에 끌어올렸다. 그는 공격적이면서 도전적인 스타일로 궁지에 몰려도 역전승을 만들어 내는 한국 바둑 특유의 기풍을 만들어 냈다. 특이한 점은 조훈현의 바둑은 그의 스승인 세고에 겐사쿠와는 전혀 다르다는 점이다. 그가 키워낸 한국의 바둑 천재 이창호 또한 스승인 조훈현과는 전혀 다른 기풍을 보인다. 이는 최고의 스승을 만나서 최고의 가르침을 받더라도 자신만의 스타일을 가지지 않으면 진정한 고수가 될 수 없다는 것을 말한다.

나도 직장생활을 하며 여러 선배를 만났지만, 그들과 일하는 방식은 달랐다. 일을 어떻게 하는지는 배웠어도 그걸 똑같이 따라 하지는 않았다. 좀 더 나은 방법은 없는지 새로운 방법을 연구하고 시도했다. 내가 만족할 때까지 계속해서 시도했다. 그렇게 일하다 보니 직장에서 인정받는 직원이 되었다. 이렇게 일하던 방식은 나를 눈여겨보는 인맥을 만들었고 내가 어려울 때 힘이 되었다.

　지금 다니는 회사에 처음으로 입사할 당시에 나는 회사에 꼭 필요한 사람은 아니었지만, 은행에 근무할 당시의 인맥으로 입사하게 되었다. 야구에서는 선수층이 두꺼운 것을 '뎁스'가 좋다고 표현하는데, 지금 당장 필요한 자원은 아니지만, 일종의 '뎁스' 강화 차원이었다.

　그렇게 입사를 한 대신 특별한 보직이 없어서 주어진 일도 없었다. 멍하니 있든지 인터넷 서핑을 하든지, 일을 찾아서 하든지 선택지는 많지 않았다. 이대로 계속 있으면 '뎁스'가 아니라 '뎄어'가 될 판이었다.

　살아남기 위해서는 일해야 했지만 일을 시키는 사람은 아무도 없어서 결국 일을 찾아서 했다. 이렇게 일하는 것은 내 전공이어서 물 만난 고기처럼 활발하게 움직였다.

　공인인증서를 받아 회사의 대출 및 예금 현황표를 만들었고, 경비지출 내용을 자료화했다. 이를 바탕으로 현금흐름 분석표를 만들고 월별 손익 현황표를 만들었다. 이렇게 하고 보니 회사의 운영 상황을 단번에 파악할 수 있었고, 그런 능력을 인정받아 입사한 지 한 달 만에 기존의 자금 담당 부서장을 밀어내고 그 자리를 차지할 수 있었다.

　이후에도 지시받아 움직이는 일은 거의 없었다. 일을 시키기 전에 스스로 찾아서 했다. 인사 및 급여 규정 등 회사의 전반적인 규정을 만들어서 취업규칙을 제정했고, ERP와 인트라넷을 도입했으며, 회사 전체의 자금관리를 책임지게 되었다.

　또한 영업 분야까지 업무를 확장하여 조달청 납품 제품의 표준원가를 산출하고, 수요기관별 방문 영업을 시행하였으며, 매출 증가를 위하여 새로운 대리점을 발굴하는 현장 영업에도 주력했다. 이러한 성과를 바탕으로 총괄 임원의 자리에 올랐고, 2015년 10월 유종의 미를 거두며 퇴사할 수 있었다.

시키는 대로만 하면 시키는 사람을 능가할 수 없다. 시키는 사람을 능가하기 위해서는 더 좋은 방법은 없는지를 끊임없이 연구해야 한다. 그저 시키는 일만 하면서 보내는 평범한 일상은 현재의 삶을 변화시킬 수 없다. 시키면 시키는 일보다 더 좋게 하고, 시키지 않더라도 스스로 찾아서 해라. 누구의 지시로 움직이는 사람은 지시가 없으면 하던 일만 하게 된다. 그러니 시키기 전에 스스로 찾아서 하는 습관을 들여라. 그것이 당신을 더 높은 위치로 이끌 것이다.

아직은 아니지만
나는 결국
성공할 사람이다
왜냐하면
성공할 때까지
계속할 거니까.

74. 아직은 아니지만
나는 결국 성공할 사람이다

"사람들은 성공하지 못한 핑계를 늘어놓느라 인생을 허비한다. 성공을 의무가 아니라 선택이라고 생각할 때 생기는 일이다." 그랜트 카돈은 『10배의 법칙』에서 사람들이 성공하지 못하는 이유는 '반드시 해내야 한다.'라는 마음이 없기 때문이라고 말한다.

성공하겠다는 마음 없이 성공할 수는 없다. 그것을 바라는 마음이 없기 때문이다. 그렇다고 성공하겠다는 마음만으로 성공할 수도 없다. 성공은 마음에서 비롯되지만, 꾸준한 실천으로 완성되기 때문이다. 따라서 당신이 성공하고 싶다면 오늘도 내일도 꾸준히 실천하는 삶을 살아야 한다. 성공할 때까지 계속 도전하겠다는 사람이 꼭 성공하는 것은 아니지만 그렇지 않은 사람보다 성공할 확률은 높을 수밖에 없다. 더 많이 시도하는 까닭이다. 성공은 이렇게 더 많이 시도하고 충분히 시도하는 사람을 당해내지 못한다.

그런데 성공하기까지 계속 시도하려면 어떻게 시도할 것인지에 대한 계획이 있어야 한다. 계획이 없으면 그냥저냥 시간을 흘려보내게 되고, 무엇을 하겠다는 처음의 각오는 온데간데없이 사그라들 수밖에 없다.

따라서 계획을 먼저 만들고, 처음의 계획을 바탕으로 수정하고 보완하는 작업을 계속해서 진행해야 한다. 이러한 과정을 진행하다 보면, 이러저러한 생각으로 더 많이 생각하게 될 것이고 완성된 최종 계획은 당신의 성공과 함께할 것이다. 그래서 막연하게 계속하는 것보다 중요한 것은, 어떠한 계획으로 계속하는지가 중요하다. "우리 잘해 보자."라는 막연한 말보다, 구체적으로 우리가 어떻게 잘해 볼 것인지의 방법이 제시되어야 한다. 그렇게 계속 시도하면 당신은 분명 성공한 사람이 된다.

그다음 단계에서 중요한 것은 성공한 이후에 어떻게 할 것이냐에 있다. 대부분 사람은 성공한 다음에 편하게 지내고 싶다고 말한다. 성공할 때까지 고생했으니 아무 일도 안 하고 편하게 지내겠다는 말이다. 그러면 처음이야 좋겠지만 시간이 지날수록 삶의 의욕이 없어진다. 목표가 상실되었기 때문이다. 그렇게 아무 일도 안 하고 편하게 지낼 바에야, 지금부터 그냥 도전하는 마음을 버리고 현실에 안주하며 편하게 살아라.

진정한 성공은 성공한 이후의 삶에 달려있다. 나와 내 가족만을 위해서 편하게 사는 삶보다는 타인에게 공헌하고, 세상에 보탬이 되는 삶이 성공한 삶이다. 내가 가진 것을 나눌 수 있어야 그것이 나에게 다시 돌아온다. 그러니 움켜쥐지 마라. 죽을 때는 어차피 움켜쥘 수 없다는 걸 잘 알지 않는가?

어제와 똑같은
삶을 삶면서
다른 삶을
기대하지
말라. 隨處作主

75. 어제와 똑같은 삶을 살면서
다른 삶을 기대하지 말라

　보도 섀퍼는 『이기는 습관』에서 "삶이 나아지지 않는 이유는, 어제와 똑같은 삶을 오늘과 내일도 반복하기 때문이다."라며 배움과 성장이 없는 삶을 반복하지 말라고 경고한다.

　우리는 각자가 처한 형편이 다르니 다른 사람과 비교하기보다는 어제의 자신과 비교해서 더 나아져야 한다. 다른 사람을 잣대로 삼으면 다른 사람이 어떻게 하느냐에 따라 자신의 감정이 좋았다 나빴다 하는 영향을 받는다. 내가 다른 사람의 말과 행동에 영향을 받으면 그것은 내 인생이 아니라 다른 사람의 인생이다. 자신은 오직 자신의 성장에 대해서만 신경 쓰면 그뿐이다. 현재 처한 자신의 삶을 성장을 잣대로 삼으라는 말이다.

　어제와 똑같은 삶을 산다는 건 변하고자 하는 아무런 자극이 없기 때문이고, 평범한 남들과 비교해서 스스로 위안 삼기 때문이다. 이렇게 낮은 수준의 자기만족으로 얻을 수 있는 것은 아무것도 없다. 당신에게 필요한 건 스스로 위로하는 자기 연민이 아니라 자신이 긍정적으로 변화하도록 용기를 주는 자기 격려이다. 이러한 자기 격려는 당신의 일상에 새로운 습관이

들어올 수 있는 틈을 만들어 준다. 비집고 들어갈 틈이 있어야 시도할 수 있고, 그 틈을 점점 더 넓혀가는 건 오직 당신의 몫이다. 들꽃은 바위틈에서도 자란다는 사실을 기억하자.

　어제와 다른 삶을 산다는 건 습관이 바뀌었다는 뜻이다. 당신의 자기 격려가 승리한 셈이다. 새로운 습관이 자리를 잡기까지 어려움도 많았을 텐데 이를 이겨낸 당신에게 축하를 보낸다. 성장의 즐거움을 맛본 것도 축하한다. 그러나 방심해서는 안 된다. 언제든 당신은 예전으로 돌아가고 싶은 마음이 여전히 남아 있으니 말이다.
　어제와 똑같은 삶을 사는 사람은 자기 격려로 인한 승리의 맛이 어떤 것인지 알지 못한다. 불편한 일상을 이겨내며 성장하는 삶이 얼마나 즐거운지를 모르기 때문이다. 지금의 편안함에 익숙해서 불편함을 이겨낸 새로운 편안함을 모르기 때문이다.

　국자는 아무리 국 속을 드나들어도 국 맛을 모른다. 이처럼 당신도 아무리 자기 계발 도서를 읽어도 실천하지 않으면 성장이 주는 참 맛을 모른다. 국자가 국을 흡수하지 못하듯이 당신도 당신을 변화시킬 글귀들을 흡수하지 못하는 까닭이다. 당신은 지금보다 더 나아질 수 있고, 당신은 지금보다 더 괜찮은 사람이다. 당신의 문제를 올바르게 인식하고 올바르게 행동하라.

6장

성공은
느린 시간을
잘 견뎌내야 한다

우리를 늦게 만들고
강하게 하는 것은
편안하고 바쁜
삶이다. 處隨主作

76. 우리를 늙게 만들고 망하게 하는 것은
   편안하고 익숙한 삶이다

2023년 10월 31일, 카페를 마지막으로 운영한 날이다. 2015년 12월 18일에 창업을 했으니 벌써 8년이 되어간다. 창업 첫해에는 하루에 10시간을 일하며 익숙하지 않은 일에 집중하다가, 카페 일에 익숙해지면서 공부와 독서에 집중했다. 그러다 예기치 못한 코로나19를 만나며 어려움을 겪기도 했지만, 어려움이 있었기에 참고 견디는 내면의 힘을 키우며 잘 이겨낼 수 있었다.

이렇게 되기까지는 카페에서 6년을 같이한 매니저가 있었기에 가능했다. 모든 일을 믿고 맡길 수 있었기 때문이다. 8년간 운영했던 카페를 매니저에게 양도하고 떠나는 것도 이 때문이다. 매니저에게 그동안 고마웠던 마음을 나눠주고 싶었다.

8년 전에는 편안하고 익숙한 회사를 떠나 카페를 창업했었는데, 지금은 편안하고 익숙한 카페를 떠나 퇴사한 회사에 재입사했다. 재입사에 대한 제의를 받았을 때, 지금의 생활에 만족하고 있었기에 '굳이'라는 생각이 앞섰지만, 8년 전과 마찬가지로 새로운 도전을 선택했다. 원래 계획은 사람일이 어찌 될지 모르기에 카페를 유지하며 회사에 다닐 생각이었다. 그러다 이러한 생각이 욕심인 것을 알았다. 회사에서 받는 연봉으로도 충분한데 카페에서 부수입까지 챙기겠다는 것은 욕심이었다. 일종의 보험처럼 카페를 유지해야겠다는 생각과, 그렇게 카페를 유지하며 회사 업무에 집중한다는 것이 욕심이었다.

생각이 정리되자 2023년 9월 6일 카페 양도 · 양수 계약을 체결했다. 이후에는 매니저가 실질적으로 카페를 운영했고, 내 명의로 영업하는 마지막 날도 매니저가 도맡아서 운영했다. 마지막 날인 10월 31일 밤 10시 매니저가 보낸 이메일을 확인했다.

"사장님 메일만 받아봤지 직접 메일 드리는 건 처음입니다. 오늘 하루는 되게 길고 바쁘고 설레는 마지막 날입니다. 하루는 되게 긴데 시간은 너무 빨리 지나가고 결정할 것들과 생각할 것들은 산더미지만 엄청나게 설레고 기쁘고 두근대기도 하네요. 하루하루 메일함에 새로운 사람들의 메일이 오는 와중에 사장님 이름이 있어서 궁금해 클릭하고 눈물을 많이 흘렸습니다."

"사장님 늘 너무너무 감사하고 사장님의 좋은 기운을 저에게 나눠주셔서 고개 숙여 배꼽인사 드립니다. 하루 종일 혼자서 해보겠다고 돈 벌겠다고 하는 저에게, 길게 가려면 같이 가고 짧게 가려면 혼자 가는 거라는 명언을 남겨 주셨지만, 저는 지금 짧게 혼자 갑니다."

"저도 언젠가 사장님처럼 매니저도 두고 책도 맘껏 읽고, 나누는 사장이 되고 싶습니다. 제가 언제 사장님께 이메일을 보낼 수 있을까 싶어 주저리 써 봤지만, 가장 하고 싶은 말은 감사하다는 말입니다. 카페에 처음 왔을 때는 여기서 제발 일만 했으면 좋겠다고 생각했는데 매니저도 하고 사장도 시켜 주시고, 코끝이 찡해집니다. 저는 편지나 글을 쓸 때, 다시 읽어보지 않습니다. 왜냐면 부끄럽거든요. 작가님의 시선으로 보았을 때 제 필력이 형편없겠지만, 이해 부탁드려요. 종종 카페에 들러서 커피 드시고 가세요. 감사합니다. 사장님."

우리 매장에서 6년을 일했어도 매니저를 하다가 카페의 사장이 된다는 게 쉬운 결정은 아니었을 텐데, 지금의 자리에 안주하지 않고 도전을 선택한 매니저에게 박수를 보낸다. 더 많이 배우고 더 많이 성장하려면 더 큰 세상으로 나아가야 하는데, 내가 그랬듯이 매니저도 그래서 나에게도 매니저에게도 뿌듯한 마음이다.

주원아, 걱정하지 마! 잘될 거야 '하쿠나마타타.'

인간의 가치는 어떤일에
종사하느냐보다는
그일에 어떤태도로
임하느냐로
정해지는 것이다~

77. 인간의 가치는
'어떤 태도로 임하느냐.'로 정해지는 것이다

"나는 고객을 위해 아침 7시에 카페에 가서, 커피와 샌드위치를 사고 병원에 가서 기다렸다. 그러고는 밤 7시까지 누구보다 고객을 많이 만났다." 다니엘 킴은 『세계 최고의 부자들은 어떻게 원하는 것을 이루었는가』에서 자신이 3년 동안 어떠한 태도로 일하며 세계 최고의 세일즈 성장을 만들 수 있었는지에 대해 말한다.

이렇게 하는 것은 누가 시켜서 하는 일이 아니다. 어떻게 하면 더 잘할 수 있을지에 대한 각오와 실천이 없으면 불가능한 일이다. 자신이 계획하지 않고 시켜서 하는 일은 오래가지도 못하지만, 창의적이지도 못하다. 그저 시키는 일만 해서 난관에 부닥치면 이를 돌파할 방법을 생각해 내지 못한다. 이렇게 해서는 잠깐 빛을 발하고 불타 없어지는 별똥별처럼 흔적도 없이 사라질 것이다.

금융 IT 기업에 근무할 때의 일이다. 회사가 정체된 상황에서 돌파구를 마련하기 위하여 조직개편을 했는데, 신규 사업팀이 신설되었고 내가 팀장으로 발령이 났다. 신규사업이 정해져 있는 것도 아니었고 사업 아이템을

정하는 것부터 팀장의 책임으로 진행해야 했다. 어디서부터 시작해야 할지 막막함을 호소했지만, 대표님은 나 말고는 그 일을 맡길 사람이 없다며 이해를 부탁한다고 말한다.

한 달여를 고민하다 생각해 낸 것은, 자동이체 출금 수납관리 서비스인 'CMS'였다. 금융결제원과 연계하여 고객의 계좌에서 정기 출금 후 이용 기관 계좌로 집금해 주는 서비스이다. 당시에도 CMS 서비스를 제공하는 업체들은 다수 있었지만, 은행과 연계하여 조직적인 마케팅을 하는 곳은 없었다.

우리 회사는 이미 은행과 연계된 사업을 하고 있었기에 이런 마케팅을 시도하는 일은 어렵지 않을 것으로 생각되었다. 대표적인 시중은행 한곳을 선정하여 마케팅을 시작했다. 은행으로서는 모계좌에 자금이 집금되기에 예금을 유치하는 효과를 기대할 수 있었고, 모계좌 개설을 통한 신규고객 창출도 기대할 수 있었다.

은행에서는 처음에 예상한 것보다 더 적극적이었다. 수도권의 모든 지점에 CMS 마케팅에 대한 공문이 발송되었다. 그런데 이 업무는 은행 본연의 업무가 아니다 보니, 지점의 담당 직원들에 대한 교육이 필요했다. 모든 지점을 방문할 수는 없어서 교육 요청이 오는 지점들을 대상으로 방문 교육을 진행했다. 은행원 출신인 내가 은행원들을 대상으로 교육하고 있자니 감회가 새로웠다.

그렇게 한동안은 회사로 출근하는 것이 아니라, 제휴를 맺은 은행의 지점으로 출근했고 다른 지점들을 방문하다가 현지에서 퇴근하며 실적을 끌어올렸다.

본인이 직접 일하는 것도 좋지만 그보다 더 잘하는 사람은 다른 사람을 통해서 일한다. 직접 일하면 폭넓게 일할 수 없고, 일에 묻혀서 다른 일을 생각할 겨를이 없기 때문이다. 회사의 사장이나 임원이 직접 일하면 안 되는 이유다.

나도 마찬가지였다. 내가 일일이 CMS를 필요로 하는 수요기관을 찾아다니는 것보다, 나를 대신해서 일해줄 사람을 찾아야 했다. 그것이 은행과의 업무제휴를 끌어냈고 그들을 움직이게 했다.

모든 직장인은 출근해서 일하지만, 그 일을 대하는 태도는 사람마다 다르다. 출근하기 전부터 오늘 할 일을 생각하며 출근하는 사람도 있고, 아무 생각도 없이 출근하는 사람도 있다. 하루만 할 일을 생각하며 출근하면 달라질 게 없지만, 매일 같이 이렇게 출근하면 그렇지 않은 사람과는 분명 차이가 나기 마련이다. 처음에는 단순히 할 일만 생각하지만, 생각을 거듭하면서 어떻게 하면 더 효율적으로 일할 수 있을지 창의적인 생각이 도출되기 때문이다. 태도는 천성일 수 있지만, 당신이 일을 대하는 각오로 달라질 수 있다. 당신은 어떤 태도와 각오로 임할 것인가?

인생에 있어 진정한 패배는
남들보다 낮은 위치에
있는것이 아니라
자신안에 있는
잠재력을 꺼내지
못한 것이다.

78. 인생에 있어 진정한 패배는
잠재력을 꺼내지 못한 것이다

제임스 클리어는 『아주 작은 습관의 힘』에서 "노력은 절대 헛되지 않다. 한 발짝도 나아가지 못할 것 같을 때도 계속 밀어붙여서 결국에는 오늘이 만들어졌음을 안다."라며 잠재력이 실력으로 드러날 때까지 노력의 중요성을 말한다.

누구에게나 잠재력이 있지만, 각자에게 어떤 잠재력이 있는지는 그 일을 시도해 보기 전에는 알 수가 없다. 또한 한 번 시도한다고 잠재력이 드러나는 것도 아니어서 꾸준하게 시도하고 다양하게 시도해야 한다. 마라톤을 완주하기 위해서는 뛰는 연습을 많이 해야 하듯이, 많이 시도하지 않고서는 자신에게 어떤 잠재력이 있는지 알 수가 없기 때문이다.

이렇게 시도하기 위해서는 익숙하고 편안한 환경에서 벗어나야 한다. 스트레스도 없고 불안하지도 않은 안전지대를 벗어나야 한다. 자신이 설정한 안전지대에만 머무르는 것은 성장을 제한하기 때문에 당신은 지금과 같은 방식으로 존재할 뿐이다.

누구나 현재 드러난 능력보다 더 많은 잠재력이 숨어 있고, 기회를 얻으면 잠재력을 폭발시킬 능력이 있다. 다르게 말하면 당신의 숨겨진 잠재력이 기회를 얻기 위해서는 부단한 노력으로 잠재력을 키워나가야 한다는 말이다. 그러니 당신이 여전히 안전지대에 머무르려고 한다면 당신의 잠재력은 기회를 얻지 못한다.

사람들은 변화된 삶을 갈망하지만, 거기에 걸맞은 노력은 하지 않는다. 변하기를 바라면서 정작 변하려고는 하지 않는다. 익숙하지 않은 과제에 도전해서 겪는 불편함보다는 익숙한 현재에 머물고 싶기 때문이다. 따라서 변하고자 하는 결심은 대부분 작심삼일에 그치고 익숙한 현재의 삶으로 원상 복귀하고 만다. 현실이 이러하기에 사람들은 잠재력을 발휘할 기회조차 얻을 수가 없다. 변하고자 노력조차 하지 않는 사람에게 누가 기회를 줄 것인가?

당신은 스스로 당신 안에 더 많은 잠재력이 숨어 있다고 생각하는가? 기회를 얻지 못했을 뿐 기회를 주면 언제든 재능을 발휘할 수 있다고 생각하는가? 그렇다면 자신이 어떤 모습으로 살고 싶은지 다짐하고, 계속해서 그러한 각오를 실행에 옮겨라. 그럴 수만 있다면 당신은 당신 안에 있는 잠재력을 드러낼 수 있다.

당신 안에 있는 잠재력은 그야말로 잠재력일 뿐이다. 그것이 실전에서도 통하려면 부단한 노력을 통하여 완성도를 높여가야 한다. 사람을 알아보는 눈은 크게 다르지 않다. 당신이 노력하는 모습을 보이면 기회는 언제든 얻을 수 있고, 그 기회가 당신을 새로운 환경으로 이끌 것이다.

인생은 꼭
그것만
있는것은
아니다.

79. 인생은 꼭 그 길만 있는 것은 아니다

　20세기 초, 이탈리아의 한 청년은 선택의 갈림길에 섰다. '파리의 적십자사로 갈 것인가? 디자이너 가게에서 일할 것인가?' 그는 망설임 끝에 동전을 던져서 결정한 대로 디자이너 가게로 갔다. 패션계에서 일하게 된 그는 곧 재능을 인정받아 당대 최고의 디자이너 디오르 밑에서 일을 하게 되었다. 시간이 지나 디오르가 죽고 후계자로 지명된 그는 '회사에 남을 것인가? 독립할 것인가?'로 고민하다가 또다시 동전을 던져서 결정한 대로 독립을 하게 되었고, 자신의 이름을 내건 브랜드를 만들게 된다. 그 브랜드는 '피에르 가르뎅'이다. "동전을 던져서 좋은 선택을 할 수 있다니, 운이 정말 좋으시네요." 기자의 질문에 피에르 가르뎅은 말한다. "동전 던지기로 좋은 선택을 한 게 아닙니다. 어떤 선택이든 결정한 후엔 믿음을 갖고 나아갔기 때문입니다."

　나도 선택의 갈림길에 선 적이 있었다. 회사를 그만두고 아이스크림 전문점을 창업하려 했지만 여의치가 않아서 컨설팅 업체의 추천으로 커피 전문점으로 선회했다. 그러다 뒤늦게 매물로 나온 아이스크림 전문점도 마음에 들어서 고민에 빠졌다. 얼마 전만 해도 마음에 드는 곳이 없어서 '내 매장 하나 내기가 이렇게 어렵구나.'라고 생각했었는데, 커피전문점도 있고 당초에 원했던 아이스크림 전문점도 있으니 행복한 고민이었다.

현재의 실적으로 보면 커피 전문점이 더 좋았지만, 경쟁 없는 시장이라는 관점에서 보면 아이스크림 전문점이 더 좋았다. 일을 배워야 하는 측면에서도 아이스크림 전문점이 더 수월해 보였다. 다만 아이스크림 전문점은 외곽에 위치해서 교통이 불편했고, 커피전문점은 전철역 앞에 위치해서 교통은 물론이고 매출에 대한 걱정이 없어 보였다. 컨설팅 업체의 제안으로 커피를 전혀 모르는 내가 '커피 전문점을 할 수 있을까?'를 고민하다가 처음 생각과는 다르게 커피전문점을 선택했다.

경쟁이 우려되기도 했지만, 경쟁해도 이겨낼 수 있다는 생각으로 위치에서 우위를 점한 커피전문점을 선택했다. 매출이 내림세에 있었지만 운영하기 나름이라고 생각했다. 집에서도 가까웠고 은행원으로 근무한 첫 지점에서도 가까워서 커피 전문점을 선택한 것은 우연이 아닌 필연이라 여겼다.

피에르 가르뎅이 어떤 일에 대한 선택보다도 결정한 후의 믿음과 실천력을 더 중요하게 생각했던 것처럼, 나도 커피 전문점을 선택한 이상 뒤돌아보지 않고 나아가기로 마음을 굳혔다. '무엇을 하느냐!'보다는 그것을 '어떻게 하느냐!'가 더 중요하다고 생각했기 때문이다. 커피 전문점이 어렵다고 모두가 어려운 것도 아니고, 아이스크림 전문점이 경쟁이 없다고 모두가 잘되는 것도 아니기 때문이다. 결국 중요한 것은 인생은 어느 길로 가든 마음먹기 나름이다.

인생은
속도가
아니라
방향이다

隨處作主

80. 인생은 속도가 아니라 방향이다

　개인적인 모임에서 '자녀에게 미리 쓰는 유서'를 작성하는 미션이 있었다. 이제 마지막이라는 데 몰입되어 유서를 쓰면서 눈물이 많이 났다. 그런데도 모두가 모여서 각자의 유서를 읽어 내려가자 다시 한번 숙연해졌고, 유서의 마지막 부분을 읽을 때는 모두가 눈물바다가 되었다. 그러면서 내가 아직 살아있고 사랑하는 민경이를 계속해서 볼 수 있다는 사실에 감사함을 느꼈다.

　또한 유서를 쓰면서 내가 어떻게 살아야 할지에 관한 결의를 다질 수 있어서 평범한 일상에 좋은 자극이 되었다. 여러분들도 바쁘다는 이유로 앞만 보며 살다 보면 인생에서 정작 중요한 것이 무엇인지 잊고 살기 쉽다. 그러니 한 번쯤은 자신의 삶을 돌아보고 각오를 새롭게 할 유서 쓰는 시간을 가져보시길 추천한다.

　당시에 내 딸, 민경이에게 미리 썼던 유서이다.

　사랑하고 또 사랑하는 민경아, 아빠는 민경이가 있어서 정말 행복했어. 민경이를 생각하면 아빠의 얼굴은 미소로 가득했고, 아빠의 입술은 늘 민경이 이름을 읊조리고 있었지. 민경아! 많이 보고 싶을 것 같아, 많이 그리울 것 같아.

민경아, 세상이 어떠했는지는 인생의 마지막 순간이 되어서야 말할 수 있을 것 같은데 아빠는 이제 그때가 온 것 같아. 아빠가 살아보니 세상은 그리 만만하지 않았지만 그렇다고 그리 어렵지도 않았어. 세상은 내가 어떻게 하느냐에 달려있어. 세상이 만만하다고 교만하지도 말고, 세상이 어렵다고 절망하지도 않았으면 좋겠어. 처음부터 모든 일을 잘하는 사람은 없어. 포기하지 않고 하다 보면 익숙해져서 잘하게 되는 거야. 그러면 또다시 익숙하지 않은 일에 도전해서 익숙하게 만들고, 그렇게 살다 보면 민경이의 삶이 확장되는 거야.

민경아, 아빠는 세상이 참 재미있었어. 돈 문제를 극복하지 못했을 때는 힘들기도 했지만, 주어진 여건 속에서 아빠가 할 수 있는 최선을 다했기에 인생의 후반전으로 갈수록 계속해서 좋은 여건이 만들어졌고, 그 시간을 되돌아보니 참 재미있었어. 순탄한 승리보다 어려움을 극복해 낸 역전승이 감동을 주듯이, 인생도 꽃길만 걷기보다 어려움을 마주하며, 어려움에 굴복하지 않고, 어려움을 극복해 낸 인생이 더 가치가 있고 더 감동을 주는 인생이라고 생각해.

민경아, 아빠가 민경이를 생각하면 자동 미소가 지어지는 것처럼, 민경이도 아빠를 추억하면 세상을 참 재미있게 살다 간 아빠로 기억해 주면 좋겠어. 그리고 민경이도 아빠처럼 재미있게 잘 살아. 아니 아빠보다 더 재미있게 잘 살아. 그리고 아빠의 마지막 순간에 "아빠 잘 가"하고 아빠를 바라봐 줘. 아빠가 세상에서 마지막으로 보는 사람이 민경이었으면 좋겠어. 마지막으로 민경이에게 하고 싶은 말은 "사랑해, 많이 사랑해, 고마웠어."

인생의 성공은
고난으로 점철된
흐긴 밭로
만들어진다.

81. 인생의 성공은
고난으로 점철된 흐린 날로 만들어진다

"묵자는 세상의 모든 결과에는 오로지 노력이 전제되어야 한다고 말합니다. 고통 끝에 얻은 기쁨이라야 오래갑니다." 김범준은 『살아갈 날들을 위한 공부』에서 힘든 시간을 견뎌내야 원하는 바를 얻게 된다는 묵자의 말을 전한다.

성공은 느린 시간을 잘 견뎌내야 한다. 이는 배우고 익히는 노력의 과정을 잘 견뎌내야 한다는 말이다. 대장간에서 연장이 하나 만들어지려면 단단한 쇳덩이에 메질과 담금질하는 과정을 여러 번 반복해야 하는데, 빨리하겠다고 과정 일부를 생략해서는 제대로 된 연장이 만들어질 수 없다. 일정 수준에 오르기 위해서는 반드시 정해진 과정을 거쳐야 한다. 무엇이든 익숙해지기 위해서는 절대적인 시간이 필요하다. 익숙해지기 위한 고비의 시간을 잘 넘겨야 한다. 빨리하려고 하지 마라. 빨리하려는 마음은 포기를 불러올 뿐이다.

나도 캘리그래피를 배우며 일정 수준에 오르기까지 3년이 넘게 걸렸다. 예쁜 글씨체를 갖고 싶어서 배우기 시작했지만, 역시나 쉬운 일이 아니었다. 기본을 무한 시간 연습하지 않으면 앞으로 나아갈 수 없다. 지루한 선 긋기 작업을 지루하고 또 지루하도록 계속해서 연습해야 한다. 이렇게 기본이 되는 연습을 지속하기도 어렵지만, 가장 어려운 건 나만의 글씨체를 갖는 일이다. 기존의 글씨체에서 벗어나 캘리그래피에 맞는 서체를 개발해야 한다. 이렇게도 써보고 저렇게도 써보는 노력을 반복하다 보면 어느 순간에 나만의 글씨체가 완성된다.

글씨체가 완성되었다고 끝나는 것이 아니다. 예쁘게 써지도록 하는 연습은 또 별개의 과정이다. 누구에게 보일 것도 아닌데 이렇게 연습하기란 쉽지 않은 일이다. 다르게 말하면 목표가 있어야 한다. 목표가 있어야 지금 하는 일의 기한을 정할 수 있다. '언젠가' 하겠다는 말은 정해진 기한이 없기에 그날이 오지 않을 수도 있다. 내 경우에는 카페를 방문하는 손님들에게 '캘리그래피 책갈피'를 증정해 드리겠다는 목표가 있어서 가능했던 일이다.

연습 과정을 거쳐 캘리그래피 책갈피를 처음 선보였을 때는 내가 보기에도 완성도가 떨어져 보였다. 그런데도 손님들은 글귀가 너무 좋다며 많이들 가져가신다.

손님들이 가져가신 것만큼, 채워 놓기 위해 실전에서 연습하게 되니 혼자서 연습할 때와는 비교도 안 되게 글씨체가 점점 더 좋아지고 있음을 실감했다. 이러한 과정을 거쳐서 3년이 지난 시점에는 내가 보기에도 만족할 수 있는 글씨체를 갖게 되었다. 배우는 과정이 지겹고 어렵다고 포기하지 않은 결과였다.

인생의 장애물을
만드는 장본인은
바로
자신이다.

82. 인생의 장애물을 만드는 장본인은 바로 자신이다

인생에서 뛰어넘어야 할 커다란 장애물 중의 하나는 포기의 유혹이다. 포기하면 더는 신경 쓰지 않아도 되기에 당장은 편할 수 있기 때문이다. 당신은 최근에 무엇을 포기한 적이 있는가? 나는 2020년에 청소년교육과 3학년 1학기를 마치고 더 이상의 공부를 포기했었다. 당시에는 코로나19로 매장 내 영업 제한 조처가 내려지는 등의 이유로 매출이 대폭 줄어서 지금은 공부가 아니라 오직 카페에만 신경을 써야 했기 때문이다. 그러다 2022년 2학기에 복학하면서 학업을 계속할 수 있었다. 당시에도 코로나19로 어려움은 있었지만, 그간의 경험으로 단단해진 나를 믿었다. 또한 한번 시작한 일을 중간에 포기한 것도 마음에 걸렸었다.

자신을 믿는다는 것은 실력을 바탕으로 한다. 실력이 갖추어지지 않은 상태에서는 자신을 믿을 수 없고, 자신을 믿는다고 해도 이는 헛된 믿음에 지나지 않는다. 실력이 부족한데 무슨 근거로 자신을 믿을 수 있다는 말인가? 나는 나를 믿는다고 아무리 되뇌어도 자기 믿음은 말로 이루어지는 것이 아니라, 실력으로 이루어지는 것이다. 그러니 자신의 인생에서 앞으로 나아가기 위해서는 기본적인 실력부터 갖추어야 한다. 그래야 자신을 믿고 자신이 하는 일에 책임질 수 있는 것이다.

　개리 비숍은 『나는 인생의 아주 기본적인 것부터 바꿔보기로 했다』에서 "당신이 겪는 모든 경험에 책임을 져라. 책임감을 느껴야 '남 탓하기'에서 벗어나 해결책을 찾아낼 것이다."라며 당신의 인생에서 다른 사람을 탓하지 말 것을 주문한다.

　우리는 어떤 문제가 발생하면 책임지지 않기 위해 다른 사람을 탓하는 일이 종종 있다. 우선은 책임부터 면하고 보자는 마음이다. 그러다 탓할 사람이 없으면 "경기가 안 좋아서"라며 경기 탓을 한다. 경기가 좋지 않더라도 모두가 어려운 건 아니다. 그런 와중에도 실력이 좋든, 운이 좋든 잘 되는 사람은 있기 마련이다. 그러니 개리 비숍의 말처럼 남 탓하기를 그만두고 자신이 맡은 일에 책임을 지는 사람이 되어라.

　당신이 책임지지 않으려는 마음은 이해가 되지만, 그렇게 해서는 그 자리에서 한 발짝도 앞으로 나아가지 못한다. 책임지지 않으려는 마음은 소극적인 행동을 수반하기 때문에, 기존에 하던 일 외에는 시도하지 않기 때문이다.

　반대로 '모든 것은 내 책임이다.'라는 마음으로 일하는 사람은 자신이 맡은 일은 자신이 책임진다는 각오로 임하기 때문에, 업무의 질이 높아져서 지금보다 더 높은 위치로 나아간다. 그러한 마음은 적극적인 행동으로 이어져 자신이 하는 일에도 확장을 가져온다.

좋은 사람은
어느 곳이 좋은 마음을
따지지만
나쁜 사람은
누가 좋은 마음을 따진다,

83. 좋은 리더는
어느 것이 옳으냐를 따진다

"직언이 어렵고 불편한 것은 말하는 부하가 더하다. 비판을 편하게 느낄 수는 없지만 적어도 익숙해지는 정도에는 이르러라." 김성회는『사장은 혼자 울지 않는다』에서 리더가 올바르게 소통해야 살아있는 조직이 된다고 말한다.

회사를 경영한다는 것은 끊임없는 의사결정 과정이다. 어떤 문제가 발생하면 어떤 방식으로든 결정해야 하는 것이 사장이다. 문제가 발생했는데 결정하지 않고 미루기만 한다면 최선의 결과는 물론, 차선의 결과를 바랄 수도 없다. 일이라는 건 적정한 시점을 놓치지 않고 결정해야 하기 때문이다.

또한, 일하다 보면 문제는 늘 발생하기 마련이다. 그럴 때마다 책임 추궁을 먼저 하면 당사자는 남 탓을 하는 자기합리화로 문제 해결은 요원해지고, 직원과의 관계는 소원해지기 마련이다. 병에 걸린 사람은 치료를 먼저 받아야 하는데 치료는 받지 않고, 내가 왜 병에 걸렸는지 생각만 하는 꼴이다.

사람은 누구나 실수도 하고 잘못도 한다. 그럴 때마다 사장이 책망을 우선으로 한다면 당사자는 스스로 자책하며 자신감을 잃고 결국은 해내지 못하는 소극적인 사람이 된다. 이럴 때 필요한 것은 꾸짖음이 아니다. 문제를 먼저 해결하고 나서, 원인을 파악하고 대책을 마련해야 한다. 과거의 잘못에 얽매이지 말고 앞으로 나아가야 한다. 과거의 잘못을 교훈으로 삼고, 앞으로 어떻게 할 것인지에 주목해야 한다.

이렇게 소통하는 사장은 외롭지 않다. 소통이란 내 주장만을 고집하는 것이 아니다. 남의 말도 경청하는 것이다. 편견을 내려놓고 잘 듣는 것이다. 이렇게 하려면 '내가 옳다.'라는 생각을 내려놓아야 한다. '내가 틀릴 수도 있다.'라고 생각해야 한다. 이렇게 직원과 소통하며 적절한 시기에 적절한 결정을 내리는 사장은 외롭지 않다.

조직의 구성원은 누구나 의사결정을 하지만 직급이 올라갈수록 의사결정의 수준이 달라진다. 사장의 자리는 끊임없는 의사결정을 하고 최고 수준의 의사결정을 하는 자리다. 그런데 사안에 따라서 사장의 생각이 옳을 때도 있고 직원의 생각이 옳을 때도 있다. 사장이라고 해서 어떻게 매번 바른 생각을 하겠는가? 사장의 생각보다 직원의 생각이 옳을 수도 있다. 이것을 인정하지 못하면 어느 것이 옳은지가 아니라, 누가 옳은지를 따져서 권위를 이용한 나쁜 결정을 하게 된다. 중요한 것은 누구의 의견이냐가 아니다. 그 의견이 어떤 결과를 가져올지를 옳게 판단하는 것이다. 그것이 좋은 리더와 그렇지 않은 리더를 구분한다.

지금 누리고 있는
즐거움을
희생해야
변화할 수
있다.

84. 지금 누리고 있는 즐거움을
희생해야 변화할 수 있다

하워드 H. 화이트는 『인생 설계자의 공식』에서 "희생은 세상에서 가장 어려운 일 중 하나다. 뭔가를 이루려면 자신이 즐기는 일을 포기해야만 한다."라며 목표를 이루기 위해서는 당장의 즐거움을 희생하라고 말한다.

무엇을 새롭게 시도하려면 기존에 하던 것을 줄여야 한다. 기존에 하던 것을 그대로 유지하면서 새로운 것을 시도할 수는 없기 때문이다. 늘 바쁘다고 말하고 바빠서 할 시간이 없다고 말하는 사람은 시간이 주어져도 새로운 것을 시도하지 않는다. 핑계 대는 것에 익숙해져서 이번엔 좀 쉬어야 한다고 생각하기 때문이다. 반면에 시도하는 사람은 바쁘지만 어떻게 하면 그것을 할 수 있을까를 생각한다. 어떤 시간을 활용할 수 있을까를 고민한다.

2023년 3월 28일에 책 서평을 위한 블로그를 시작하면서 나도 그랬다. 카페를 운영하면서 학과 공부를 하며 책을 읽는 일상을 보냈는데, 블로그에 서평을 써야 했기에 책을 읽는 시간과 서평을 쓰기 위한 시간이 추가로 필요했다. 카페에서 일하는 시간은 많이 줄였기에 더 줄일 수는 없었고, 텔레비전과 유튜브를 보며 쉬는 시간을 좀 더 줄였고, 잠자는 시간을 좀 더 줄였다. 그런데도 학과 시험 기간에는 시간이 부족해서 블로그 운영을 계속할 수 있을지에 대한 의문이 들었다. 블로그를 운영하는 뚜렷한 목적이 없어서 더 그랬다. 그때 블로그에 글을 쓰며 시간이 부족해도 기왕에 시작한 일이니 1년은 지속하겠다고 선언했다. 이 선언으로 강제로 지속할 힘을 얻었다.

책 서평이 누적되면서 책을 읽는 데 걸리는 시간과 책 서평을 쓰는 데 걸리는 시간도 줄어들었다. 책 서평에 익숙해졌기 때문이다. 당초에 생각지도 못한 시간이 줄어들어서 블로그 운영이 훨씬 수월해졌다. 사람들은 어렵다고 생각해서 시도하지 못하고 어렵게 시도하더라도 금방 포기하는 경우가 많지만, 이렇듯 익숙해질 때까지의 시간을 버텨야 한다. 익숙해지면 어려움도 사라지기 때문이다.

이렇게 책 서평에 익숙해지다 보니 책을 읽으며 생각하는 폭도 넓어졌고, 글쓰기도 좋아지고 수월해져서 지금 두 번째 책을 쓰는 데에도 많은 도움이 되었다. 블로그를 운영하는 뚜렷한 목적이 없었지만 이렇게 쓰임새가 생기다 보니, 뭐든 꾸준히 하는 것의 중요성을 다시금 깨닫는다.

일시적인 즐거움은 당장은 좋을지 몰라도 나중까지 좋을 수는 없다. 변화하고 성장하는 일은 당장은 즐겁지 않을 수 있지만, 나중에는 즐겁다. 잊지 마라. 지금 누리고 있는 즐거움은 일시적이다.

편안한 일만 하고
늘해오던 일만한다면
당신은 타거에
사는 사람이다
그렇게 해서는 앞으로
나아갈수 없다 隨處作主

85. 편안한 일만 한다면
당신은 과거에 사는 셈이다

 당신의 일상은 익숙함의 반복에서 오는 편안함인가? 도전해서 익숙해진 편안함인가? 당신이 성장하기를 포기한 것에서 오는 편안함이면 늘 하던 대로 해도 괜찮다. 누구나 성장하는 삶을 사는 건 아니기 때문이고, 성장한다는 것은 누구의 잔소리나 지시로 이루어지는 것이 아니기 때문이다. 도전하고자 하는 마음이 없는 상태에서는 아무리 좋은 말도 무의미하다.

 그러나 이 책을 읽고 있는 당신이라면 사정이 다르다. 지금처럼 멈춰 있는 상태가 마음에 들지 않아 도전이라는 생각을 하고 있기 때문이다. 달라지고 싶다면 벗어나야 하는데, 당신은 그러한 마음이 있기 때문이다.

 밥 프록터는 『부의 확신』에서 "편안함은 머무르기에 좋은 곳이 아니다. 인생의 모든 것이 정말로 편안해진다면 우리는 그 안에 갇혀 절대로 성장하지 못한다."라며 편안함이 느껴지면 새로운 목표를 설정해서 불편함에 도전해야 한다고 말한다.

 당신이 달라지고자 한다면 새로운 목표를 설정해서 일단 시작하자. 그래야 불편함도 시작되기 때문이다. 그리고 불편함을 당연하게 여기자. 처음에는 누구나 불편하다. 안 하던 일은 하는 것은 분명 불편한 일이다. 그러나 당신이 포기하지 않는다면 그 불편함은 오래가지 않는다. 그러니 성장하기를 포기하지 말고, 불편해도 포기하지 마라. 불편함을 익숙하게 만들어 당신의 성장하는 삶에 지렛대로 삼아라.

 발명가들은 불편함을 개선해서 세상에 없는 제품을 선보이지만, 당신은 기꺼이 불편함 속으로 들어가야 한다. 그 안에서 당신을 개선해서 세상에 더 나은 자신을 선보여야 한다. 자신을 개선함이 없이 더 나은 삶을 바랄 수는 없기 때문이다. 당신이 더 나은 삶을 바란다면 불편을 초래하는 어려움을 기꺼이 감수해야 한다. 그럴 자신이 없으면 지금처럼 살아도 괜찮다.

 다만 지금처럼 사는 것은 당신의 올바른 선택이 아니라, 어려움에 굴복하는 찌질한 선택이라는 것을 기억하라. 언제까지 이렇게 찌질하게 살 것인가? 당신도 한 번쯤은 치열하게 살아봐야 하지 않겠는가? 너무 많은 것을 생각하지 마라. 한 번이면 된다. 한 번이라도 치열하게 살아본다면, 그 습관은 당신의 잠재의식 속에 새겨져 다음부터는 어렵지 않게 해낼 수 있다. 고비를 한 번이라도 넘어서는 게 중요하다. 그러니 당신이 원하는 대로 살고 싶다면, 지금의 편안함을 넘어서라.

포기하고 무대 뒤로
사라지면 다시는
기회를 얻을 수 없다
버텨라
그러면 기회가
찾아올 것이다

86. 포기하고 무대 뒤로 사라지면
다시는 기회를 얻을 수 없다

데이브 신은 『1%의 차이가 부자를 만든다』에서 "힘들고 어렵다고 포기하면 누구나 할 수 있는 것은 만만한 것밖에 없다. 한 번도 시도하지 않은 사람이 가장 많이 포기한 사람이다."라며 쉽게 포기하려는 생각을 경계하라고 했다.

어려움이 닥쳤을 때 가장 먼저 하는 생각은 '포기할까?'라는 생각이다. 포기하면 그만해도 되고 더는 애쓰지 않아도 되니까 쉬운 길을 선택하는 것이다. '남들도 다 그러는데 뭐.'라며 그동안의 노력을 포기하고, 원래의 일상으로 돌아간다. 남들이 다 그러는지 어떤지는 알 수가 없는데도 자신이 생각하고 싶은 대로 생각하며 자신의 포기를 정당화한다. 이렇게 자신의 포기를 정당화하며 포기하는 사람은 고비 때마다 포기하는 습관이 일상화되어 다음에도 포기하고 그다음에도 포기하며 아예 도전하는 것 자체를 포기한다. 모든 것은 습관이다. 포기하는 것도 습관이고 버텨내는 것도 습관이다. 한 번만 버텨내라. 그 한 번의 시작으로 버텨내는 것이 습관화될 테니까.

위안부 피해자 연극 〈뚜껑 없는 열차〉의 주인공 '순심'역을 맡은 김평화 배우는 내가 카페를 운영할 때 근무했던 아르바이트생이었다. 당시에도 배우를 꿈꾸고 있어서 주말에만 잠깐씩 근무하는데도 일도 잘하고 손님들에게도 친절해서 늘 고마웠던 아르바이트생이었다. 평화가 얼마나 친절했는지는 본사 고객의 소리에 접수된 칭찬 사연에서도 알 수 있다. "부모님이랑 같이 방문했는데 부모님이 처음 오셔서인지 뭐는 어떻고 이 음료는 뭔지 질문을 엄청 많이 했습니다. 하나하나 대답해 주시는데 '평소에 어른들이 오셔도 이렇게 친절하게 알려주시겠구나.'라는 생각이 들었습니다. 어른들을 공경하고 귀 기울여 주시던 눈이 동그랗고 예쁜 직원분 너무너무 칭찬합니다."

이렇게 카페에서 아르바이트를 하며 배우를 꿈꿨지만, 세상은 평화가 소망하는 일을 쉽게 허락하지 않았다. 그러던 중 뜻밖의 기회로 무역 회사에 입사해서 해외 영업을 담당하며 다른 길을 시도하기도 했지만, 1년여의 생활을 끝으로 카페로 돌아왔다.

김평화 배우의 말이다. "회사 생활을 하며 일에 대한 재미도 있었고 생활하는 데 부족함도 없었지만, 시간이 갈수록 마음속에 채워지지 않는 허전함이 있더라고요. 사람은 진짜 자신이 원하고 열정적으로 재미있게 잘할 수 있는 일을 하며 살아야 한다는 생각이 들었어요. 버티는 것은 중요하지만 그러한 버팀 속에는 열정과 재미, 자신의 신념에 대한 확신이 있어야 한다는 생각이 들었어요." 평화는 이렇게 확신하고 이후 몇 번의 오디션을 더 거쳐서 소망하던 배우의 길을 걸을 수 있었다.

극단에 입단하고 2년이 지나 배우로 첫 무대에 설 수 있었고, 〈뚜껑 없는 열차〉에서는 주인공 역할을 맡으며 연기할 수 있었다. 극 중 "미래에 자신을 만난다면 그냥 안아주세요."라는 순심이의 대사가 있었는데, 공연이 끝난 후 어떤 관객분이 조심스럽게 다가와 "한 번 안아줘도 될까요?"라고 물으며 따뜻하게 안아주셨다.

평화는 당시를 이렇게 회상한다. '그 순간 배우로서가 아닌 위안부 소녀, 순심이로 눈물이 흘렀고 순심이의 마음을 관객들에게 잘 전달했구나, 내가 무대에서 순심이로 살아있었구나!'라는 생각이 들었어요.

평화는 이 공연으로 언론사와 인터뷰를 하게 되었는데 인터뷰 내용을 보니 이제는 배우의 삶을 즐기고 있는 것 같다. 이후에도 2024년 3월에 막을 내린 5번째 작품 〈가족사진〉까지 활발한 연기 활동을 이어가고 있으며, 여전히 내가 운영했던 카페에서 아르바이트를 병행하며 배우로서의 더 나은 미래를 계획하고 있다.

평화에게도 그랬지만 뭐든지 처음부터 기회가 주어지는 일은 드물다. 아무에게나 기회가 주어지지도 않는다. 노력한다고 반드시 기회가 주어지는 것도 아니지만 결국은 노력하는 사람에게 찾아오기 마련이다. 그때가 언제일지 알 수 없기에 노력하면서 버텨라. 무작정 억지로 애써가며 버티지 말고 자신의 신념에 부합하는 일인지 확신이 들 때 버텨라. '나는 내가 할 수 있는 일에만 집중한다.'라는 마음으로 집착 없이 버티다 보면 어느 순간 기회는 내 곁에 와 있을 것이다. 그러니 당신은 포기하지 마라.

현실에
안주하지마라
`익숙함에서
벗어나라`

87. 현실에 안주하지 마라

에스키모들은 늑대를 사냥할 때 동물의 피를 칼끝에 묻힌 뒤 얼음 위에 꽂아 둔다.

피 냄새를 맡고 모여든 늑대들은 칼끝을 핥기 시작하고, 지독한 추위와 굶주림에 혀가 마비된 늑대는 자기 혓바닥에서 피가 나오는 줄도 모르고 칼끝에 묻은 피를 계속 핥다가 그대로 죽는다. 아무런 의심 없이 피를 핥았기 때문이다.

노력 없이 얻어지는 것은 아무것도 없지만 우리는 늘 그런 행운을 바란다. '나에게도 행운이!'라는 마음으로 살아가며 불행을 행운으로 착각해서 아무 의심 없이 불행을 움켜쥔다. 굶주림을 채우기 위해 쓰레기 더미를 뒤지던 쥐가 먹음직스럽게 놓인 음식을 보고 '웬 떡이냐!'라는 마음으로 달려드는 꼴이다. 그렇게 살다가는 허망한 죽음을 맞을 뿐이다.

누구나 지금 하는 일 외에 다른 일을 선택하기는 어려운 일이다. 더구나 안정된 일에 종사하고 있다면 더욱 그렇다. 우리는 자신 앞에 놓인 현실이 진정으로 자신을 위한 것인지에 대한 냉철한 판단이 필요하다. 지금 눈앞에 놓인 것이, 독약인지 아닌지는 시간이 좀 지나 봐야 알 수 있기 때문이다.

나도 마찬가지였다. 회사는 안정되었고 만족할 만한 수준의 급여를 받으면서 익숙하고 편한 일상을 보내고 있었기에 이렇게 정체된 삶을 살아도 괜찮은 것인지에 관한 판단이 필요했다. 무엇보다 별다른 노력 없이 익숙한 일만 하면서 사는 삶이 무기력하게 느껴졌다. 실무자 선에서도 가능한 일을 하기 위해 높은 연봉을 받으며 회사에 머물러 있는 것은 나에게도, 회사에도 도움이 되지 않는 일이었다.

　월급쟁이는 언젠가는 회사를 그만두고 나와야 하는데, 꼬박꼬박 나오는 월급에 안주해서 살다가는, 자기 피인지도 모르고 핥다가 죽는 늑대처럼 자신의 연봉을 갉아 먹다가 아무런 준비 없이 세상이라는 전쟁터로 나오게 될 것 같았다. 그때부터 본격적으로 퇴사에 대해 생각하게 되었다.

　호아킴 데 포사다의 『마시멜로 세 번째 이야기』에는 주인공 아서가 독립을 꿈꾸지만, 쉽게 결정하지 못하고 고민하는 구절이 나온다. "내가 그 일을 해낼 수 있을까? 직접 사업을 시작해서 정말 성공할 수 있을까? 망하면 어쩌나? 사장이 나를 다시 받아주려나?"

　퇴사에 관한 생각이 깊어질수록 나도 아서처럼 고민이 많아졌다. 회사를 그만두고 내가 성장하는 삶을 살겠다고 했지만, 막상 퇴사한다고 생각하니 '지금 받는 연봉을 나가서도 벌 수 있을까?' '경험도 없는데 망하면 어쩌나?' '그냥 이대로 머물까?' 막상 퇴사하려니 걱정부터 앞서서 이런저런 생각에 결심이 흐려지고 있었다. 하지만 곧 생각을 정리하여 퇴사를 결정했다. 여태까지 무엇하나 누가 시켜서 한 일이 아니고, 스스로 찾아서 일했다. 과정도 좋았고 결과도 좋았다. 지금까지 해 왔던 대로 사장의 마음으로 일하면 안 될 것이 없다고 생각했다. 그런 나를 믿고 퇴사를 결정했다.

　늘 하던 일만 해서는 편안하고 익숙한 일상에 발목 잡혀 다른 것은 귀찮아지기 마련이다. 별다른 노력 없이 지금 하는 일에 만족해서 새로운 것에 도전할 이유가 없어진다. 누구나 상황이 괜찮으면 '지금 이대로' 살기를 원하지만, 삶은 늘 우리가 원하는 대로만 이루어지지 않는다. 차장에서 부장이 되었다고 부장의 삶에 만족해서는 임원으로 승진할 수 없다. 부장이 되었는데도 여전히 차장의 직급에서 하던 수준의 일만 해서는 임원으로 승진할 수 없다. 현재의 나보다 나아지려는 노력이 필요한 이유이다. 현실에 안주하지 않고 익숙함에서 벗어나려면 필요한 것은 노력이다. 나를 성장시키는 유일한 방법은 노력뿐이다. 익숙함은 지금의 편안함을 제공하지만 익숙함이 계속되면 위험하다는 사실을 잊지 말자. 늑대가 왜 죽어갔는지를 기억해야 한다.